E.M. 福斯特作品系列

天使不敢涉足的地方

Where Angels Fear to Tread

〔英〕E.M. 福斯特 著

张鲲 译

人民文学出版社
PEOPLE'S LITERATURE PUBLISHING HOUSE

Edward Morgan Forster
Where Angels Fear to Tread

图书在版编目(CIP)数据

天使不敢涉足的地方/(英)E.M.福斯特著;张鲲
译.—北京:人民文学出版社,2021
(E.M.福斯特作品系列)
ISBN 978-7-02-015997-0

Ⅰ.①天… Ⅱ.①E…②张… Ⅲ.①长篇小说-英国
-现代 Ⅳ.①I561.45

中国版本图书馆 CIP 数据核字(2019)第 297184 号

责任编辑　朱卫净　邱小群
封面设计　李　佳

出版发行　**人民文学出版社**
社　　址　**北京市朝内大街 166 号**
邮政编码　**100705**
网　　址　**http://www.rw-cn.com**

印　　制　**山东新华印务有限公司**
经　　销　**全国新华书店等**

开　　本　**890 毫米×1240 毫米　1/32**
印　　张　**4.875**
字　　数　**136 千字**
版　　次　**2021 年 4 月北京第 1 版**
印　　次　**2021 年 4 月第 1 次印刷**

书　　号　**978-7-02-015997-0**
定　　价　**35.00 元**

如有印装质量问题,请与本社图书销售中心调换。电话:010-65233595

总　序

英国作家爱德华·摩根·福斯特（Edward Morgan Forster，1879—1970）一向是文学界的宠儿，有关研究著述可谓汗牛充栋，所以本文首先主要从阅读的角度对这套丛书做个简单的介绍。

文学作品的直接阅读无疑非常重要。会读书的人都知道，看作品以有感为上，有所启迪更佳，可以一直读到舒心快意，能与有识者共赏古今世界文学经典之瑰丽，品味蝼蚁人类勤奋思考之精华。这套丛书所选的书目就都是福斯特的代表作，从中可见"这一位"所贡献的瑰丽与精华：长篇小说《天使不敢涉足的地方》（*Where Angels Fear to Tread*，1905），《看得见风景的房间》（*A Room with a View*，1908），《霍华德庄园》（*Howards End*，1910），《印度之行》（*A Passage to India*，1924）；文学评论《小说面面观》（*Aspects of the Novel*，1927）；《天国的公共马车：E.M. 福斯特短篇小说集》（《天国的公共马车及其他故事》[*The Celestial Omnibus and Other Stories*，1911] 和《永恒的瞬间及其他故事》[*The Eternal Moment and Other Stories*，1928] 这两部短篇小说集的合集）。作品时间跨度为从 1905 年到 1928 年，这正是福斯特的创作巅峰时期。

其实福斯特的作品不光专家喜欢研究，大众也喜欢看。这当然和影视手段的推动不无关系。这套丛书里的四部长篇小说都有电影版：《天使不敢涉足的地方》（1991），《看得见风景的房间》（1985），《霍华德庄园》（1992；另有 2017 年拍的电视剧版），《印度之行》（1984）。影视手段和大众阅读的关系严格说是互动互惠的，有读者缘，影视制作机构也就喜欢拍。文学研究关注的东西都比较深远，大众的喜好也未必浅薄，能打动人心就一定自有其道理。

福斯特的长篇小说充满了地道的英国风味，但是他并没有满足于对英国上层社会生活图景及其趣味的展示。在貌似复杂而琐碎的人物关系描写和故事情节推进中，他的重点更多的是揭示，揭示这个阶层的人在与国内外各色人等打交道的时候出现的种种问题，其中涉及人与人的关系，人与自然的关系，人与自我的关系，殖民地宗主国与殖民地人民之间各种内在的和表面化了的冲突，还有理想化生活方式与现实之间的冲突。给福斯特套什么"主义"似乎不太容易，我们只要从他的作品里看到了他笔下那个时候若干英国人的生活状态，看到了他或曲折暗示或直接表述的种种思考，也就对得起作者的苦心了。

福斯特的文论著作《小说面面观》基于他自己作为一个小说家的体验去观察小说这种文学存在，去评论小说的方方面面，早已列入文学专业的必读书目。他在书中提出的一些重要概念，如圆形人物和扁平人物、幻想小说（或奇幻小说）等小说类别、小说节奏等等，为文学理论大厦的构建做出了卓越的贡献。

这套书给了我惊艳之感的，还有福斯特的短篇小说。他长篇小说的那些特点同样表现在了他的短篇作品中。除此以外，在这些轻灵活泼、引人入胜的短篇中，对人类去向和人性发展的沉重思考，超越了现实局限、时代局限和社会局限，细想起来，的确令人震撼，却又处处不离"文学即人学""伟大的文学家必然是思想家"这些耳熟能详的文学正道。难怪文学界如此尊崇福斯特。

毋庸讳言，这类书的出版不可避免地要再次涉及两个话题，一个是读经典的意义，另一个就是重译的必要。

关于读经典，近年谈论的人比较多，笔者也在其他场合参与过讨论，重复的话就不说了。这里想强调的是：首先，经典的涵盖范围是一直在变的，新的经典不断加入，文学界的评论探究和出版界的反复出版，其实就是个大浪淘沙、沙里淘金的过程，这个过程始终没有而且也不应该中断，一百年后也是如此；其次，和创作一样，文学阅读也有代际承接的问题，新的读者不断产生，对经典作品必然有着数量和质量上不断更新的需求。即便是宗教经典那种对曲解极为警惕的作品，也存在着更新的需要，因为教徒在生长，在变动。这是生命的特征。而与时俱进是生命力的特征。更何况经典的一个本质性特点就是耐读，即经得起反复读，而且常读常新。巧的是，在对福斯特的各种评介中，印象最深的正是很多人都知道的这样一句话："爱·摩·福斯特对我来说，是唯一一位可以反复阅读其作品的还在世的小说家，每次读他的书我都有学到了东西的感受，而进入小说阅读之门以后，就很少有小说家能给我们这样的感觉了。"[①]

关于第二个话题，翻译界有过不少讨论。重译同样和受众的不断变化有关，其实质是，译入语语言本身的发展和译入语文化环境的改变。除此以外，还涉及译本质量的提高。版权问题插进来以后，重译要考虑的情况似乎更为复杂一些。尽管如此，不断提高译本质量仍然是敬业的译者和出版人不懈的追求。需要注意的是，文化产品和一般意义上的科技产品有一个区别，和艺术与科学的区别一样，即并非后来者就一定居上。美学追求和先来后到的顺序基本无关，全看创作者内心的呼唤及其素质加努力。文学作品的翻译也是同样。在考虑译本质量的时候，这是不能忘记的一个侧面，否则无法体现我们对无数前辈译者的尊重。

综合以上各种考虑，这套丛书在投入重译之初，我们就对参与这项工作的各位译者提出了明确的要求，希望我们能竭尽全力，以爱惜羽毛的谨慎，锻造不后悔的硬作。

我们还提出了两个需要特别注意的问题。第一个就是注意与前译的关系。为不断提高译作质量，后译对前译有所参照是难以避免的，但是我们要求，必须特别注意防止侵权。如与前译过于贴近，一般要求再改；如确有借鉴，必须予以说明。然而我们也发现，有些地方，从初译、修订到审校，经三四个人之手，最后竟然还是与某种前译撞车，这只能说是所见趋同，巧了，因为那大概的确就是最妥帖的译法。对这种情况如何看，还有待翻译界和出版界共同探讨。读者如果

---

① 原文是：E. M. Forster is for me the only living novelist who can be read again and again and who, at each reading, gives me what few novelists can give us after our first days of novel-reading, the sensation of having learned something. 见美国文学批评家莱昂内尔·特里林（Lionel Trilling, 1905—1975）的《爱·摩·福斯特》（*E. M. Forster*, Oxford University Press, 1982）一书第3页。

在这个方面发现问题，欢迎提出。

第二个需要特别注意之处，是福斯特的语言风格及其表达。语言风格的再现始终是翻译的一个难点，我们只能尽力而为。众所周知，善用反讽，表达讲究机智巧妙（有时甚至给人以卖弄聪明之感），这是英国文学中的一种传统，福斯特是这种传统的继承者和推进者，因此我们注意了尽量保留这类表达方式的多层含义。作为十九世纪末二十世纪初典型的英国绅士，虽然在用词甚至标点上也有一些自己的习惯，福斯特的语言基本上还是中规中矩的，这对翻译来说是福音，因为相对而言减少了难度。考虑到原文的时代特点，我们希望译文流畅可读，但不过度活泛现代。那个时期英语的一个特点是句子偏长，福斯特的语言也是如此，但结构也不是非常复杂。我们的把握是：对偏长的句子适当截断以便于理解，同时注意紧凑，不使其过于散乱。我们希望译作语言首先是不能给读者造成理解障碍，其次要能给读者以阅读的愉悦，此外还要让人感觉这是福斯特而不是其他人在说话。

总体来看，这套丛书其中的几本，译者认为纠正了前译中的一些错译，也就是说，我们的译本在翻译的准确程度上有所提高。细节之外，我们还尤其注意了整部作品的内在连贯，包括前后通达和风格的一致。至于美学意义上的评价，我们等待时间的检验，并且始终欢迎各种角度的批评和讨论。

衷心感谢丛书译者和出版社众多编辑的辛勤付出。

感谢爱·摩·福斯特赋予我们的文学盛宴。

杨晓荣

2020 年 11 月 16 日于南京茶亭

目录

第一章

　　大家都在查令十字车站为莉莉娅送行——菲利普、哈丽雅特、艾尔玛，还有赫里顿夫人本人。就连西奥博尔德夫人，也由金克罗夫特先生陪着从约克郡远道而来，和自己的独生女儿告别。阿博特小姐身边同样围着一大帮亲戚。莉莉娅看到这么多人同时开口说话，说的事情又如此迥然不同，忍不住迸发出一阵阵银铃般的笑声。

　　"送行的场面也太热烈了，"她笨手笨脚地从一等座车厢里探出身子大喊，"别人肯定会把咱们当成王室成员。对了，金克罗夫特先生，帮我们把脚炉拿来。"

　　好脾气的小伙子连忙照办，菲利普挤进空当，抓紧最后机会给莉莉娅提了一连串的建议和忠告——在哪儿逗留、怎么学意大利语、什么时候用蚊帐、该看哪些画作。"记住了，"他总结道，"只有不走寻常路，才能真正了解一个国家。去看看那些小镇——古比奥、皮恩扎、圣吉米亚诺、蒙特里亚诺。另外，可千万别像那些差劲的观光客一样，觉得意大利只不过是一座古迹和艺术的博物馆。你该去喜欢意大利人，去了解他们，那儿的人们比那片土地还要神奇。"

　　"菲利普，我真希望你也能来。"莉莉娅说，小叔子难得这么关照，她有点受宠若惊。

　　"我也是啊。"菲利普要去的话其实并不难，他在律师界的工作没那么紧张，不至于偶尔休个假都不行。可是菲利普的家人不愿让他总往欧洲大陆跑，而他想着自己忙得脱不开身，那种感觉往往也挺不错。

　　"再见了，亲爱的各位。真够乱的！"她瞥见自己的小女儿艾尔玛，觉得这时候当妈妈的应该稍稍严肃一些。"再见，宝贝。你一定要乖啊，听奶奶的话。"

　　莉莉娅说的不是自己的母亲，而是婆婆赫里顿夫人。赫里顿夫人特别讨厌"奶奶"这个称呼。

艾尔玛一本正经地抬起脸让妈妈亲，小心地说："我会努力的。"

"她肯定会很乖的。"赫里顿夫人说，她若有所思地站在喧闹的人群之外。不过莉莉娅已经在招呼阿博特小姐。这位年轻女士身材高挑，神情严肃，模样相当俊俏，正在站台上以较为优雅的方式和亲友道别。

"卡罗琳，我的卡罗琳！快跳上来，要不然你的女伴可要丢下你自己走啦。"

菲利普向来是一想到意大利便心醉神迷，这会儿他又开始了，跟莉莉娅说起了旅途中将会出现的精彩时刻——刚出圣哥达隧道①，艾罗洛的钟楼就会跃入眼帘，预示着将来；火车爬上切里内山的山坡时，她能看到堤契诺州和马焦里湖的美景；接着就是小镇卢加诺和科莫的风光——说到这儿，意大利的浓厚氛围已经将她包围了——到了旅途中歇息的第一站，她得先坐车在黑黢黢的肮脏街巷里穿行许久，最后才会在有轨电车的轰鸣声和弧光灯的耀眼光芒之中，看到米兰大教堂的扶壁。

"手帕和领子，"哈丽雅特尖声喊道，"在我的嵌花木匣里！我把我的嵌花木匣借给你了。"

"亲爱的好哈丽！"莉莉娅又亲吻了每个人一遍，接着大家一时间陷入了沉默。他们都努力保持着微笑，只有菲利普让浓雾呛得没法说话，上了年纪的西奥博尔德夫人则哭了起来。阿博特小姐走进了车厢。列车长亲自关上车门，告诉莉莉娅一切都会很顺利。火车开动了，大家都跟着车子走了几步，挥舞着手帕，高高兴兴地轻声喊了几句。这时候金克罗夫特先生又回来了，他抓着一只脚炉两边的把手，活像端着个茶盘。他没赶上开车觉得很过意不去，颤声喊道："查尔斯夫人，再见！玩得开心，愿上帝保佑你！"

---

① 圣哥达隧道（St Gotthard tunnel），地处瑞士中南部艾罗洛附近的阿尔卑斯山中，山口海拔2112米，自古为中、南欧交通要道。

莉莉娅微笑着点点头，紧接着发现他端着脚炉的姿势实在太滑稽，忍不住又大笑起来。

"哎呀，真对不住，"她高声回答，"可是你的样子真的太好笑了。哦，你们大家挥手的样子都太好笑了！啊呀，真要命！"她笑得无法自持，随着列车消失在浓雾之中。

"要出远门了，兴致倒是挺高。"西奥博尔德夫人轻轻地擦着眼睛说。

金克罗夫特先生严肃地点点头，表示赞同。"我真希望查尔斯夫人能拿到脚炉，"他说，"这帮伦敦搬运工根本不搭理乡下来的人。"

"不过你已经尽力了，"赫里顿夫人说，"我觉得，你在这样的一个日子能陪着西奥博尔德夫人远道而来，真是很了不起。"说完这话，她相当匆忙地跟他们握了手，丢下金克罗夫特先生再陪着西奥博尔德夫人打道回府。

赫里顿夫人的家在索斯顿，从伦敦来回很方便，他们到家的时候连下午茶都没耽误。茶点摆在餐厅，专门给艾尔玛准备了一个鸡蛋，这是为了让孩子保持好心情。度过了忙忙碌碌的两个星期，屋子里安静得出奇，他们有一搭没一搭地低声聊着天。他们说，不知道去旅行的人有没有到福克斯通，这一路上会不会很辛苦，要是很辛苦的话，可怜的阿博特小姐该怎么办。

"对了，奶奶，大帆船什么时候能到意大利？"艾尔玛问道。

"应该叫'祖母'，亲爱的，不是'奶奶'，"赫里顿夫人说着亲了她一下，"另外我们应该说'轮船'或者'汽船'，而不是'帆船'。帆船有风帆。你妈妈也不会一直走海路。看看欧洲地图你就明白了。哈丽雅特，带她去。跟哈丽雅特姑姑去吧，她会给你看地图的。"

"好咧！"小姑娘答道，拉着不太情愿的哈丽雅特去了图书室。房间里只剩下赫里顿夫人和儿子两个人。他们立刻说起体己话来。

"新的生活从此开始了。"菲利普说道。

"可怜的孩子，多么粗俗啊！"赫里顿夫人低声说，"她没落到更糟糕的地步，还真是奇事一件。不过她身上总算有点可怜的查尔斯的影儿。”

“还有别的呢——唉，唉！——还有点西奥博尔德老太太的影儿。那老太太简直像个幽灵，太吓人了！我还以为她一直卧床不起，脑子也糊涂了。她干吗非要来送行？”

“金克罗夫特先生硬拖着她来的。我敢肯定。金克罗夫特先生想再见见莉莉娅，来送行是唯一的法子。”

“我希望他称了心。我觉得送别的时候嫂子并不是很出格。”

赫里顿夫人打了个哆嗦。“我什么都不在乎，只要她走了就好——而且是和阿博特小姐同行。一个三十三岁的寡妇，竟然需要一个比她小十岁的年轻姑娘来照顾，想想都丢人。”

“我很同情阿博特小姐。幸好就那么一个爱慕者还给拴在了英国。好像是金克罗夫特先生不能丢下庄稼不管，还是因为天气什么的。我觉得今天他也没多挣出几分胜算。他和莉莉娅一样，到了大庭广众之下就要出洋相。”

赫里顿夫人答道：“一个男人要是既没出身又没人脉，长得不好看，脑瓜子不聪明，口袋里还没几个钱，就算是莉莉娅迟早都会把他甩掉。”

“不会的。我觉得她可是来者不拒。一直到最后，都到了收拾行李的时候了，她还在‘调戏’那个胖得没了下巴的助理牧师。教堂里的两个助理牧师都没下巴，不过她那位的手还汗津津的。我在公园碰到过他和莉莉娅，他们竟然在谈摩西五经①。”

“我的乖乖！她简直是越来越不像话了。多亏你想出了去意大利旅行的主意，我们才得救！”

这句小小的夸赞让菲利普喜形于色。“说来奇怪，她自己倒是很上心——总追着我问这问那。当然了，我非常乐意解答她的问题。我承认她是个庸俗之辈，无知得可怕，艺术品位也很低。不过呢，有点儿品位总归是不错的。我坚信不管什么人去了意大利，都会变得纯

---

① 指希伯来圣经最初的五部经典《创世记》《出埃及记》《利未记》《民数记》《申命记》。

粹、变得高贵。意大利既是全世界的游乐场，也是全世界的学校。莉莉娅愿意去意大利，真值得赞扬。"

"她哪儿都愿意去，"他母亲说，看来是听够了对意大利的溢美之辞，"她还想去里维埃拉①，我和卡罗琳·阿博特费了好大的劲儿才把她劝住。"

"不是的，母亲；不是那样。她确实很喜欢意大利。这次旅行对她来说真是个转折点。"菲利普发现这情形充满了古怪的浪漫之感：想到这个粗俗的女人要到他深爱而又敬畏的地方去旅行，他心下既觉得有趣，也有几分反感。她为什么不能被意大利彻底转变呢？哥特人就转变了嘛。

赫里顿夫人不相信浪漫，不相信彻底的转变，不相信历史上的先例，也不相信任何可能对家庭生活造成干扰的事物。她趁着菲利普还没激动起来，便非常巧妙地转换了话题。很快，哈丽雅特教完地理课回来了。艾尔玛早早地上了床，祖母给她掖好被子。然后两位女士做了家务，打了会扑克牌。菲利普看了本书。他们就这样继续过起了安静而有益的日子，整个冬天都没受什么打扰。

查尔斯因为莉莉娅·西奥博尔德的美貌而坠入爱河，至今已将近十年，这期间赫里顿夫人几乎没有过片刻的宁静。起初的六个月她千方百计阻挠这桩婚事，可儿子还是结婚了，她便转向了另一个任务——监管自己的媳妇。必须得督促着莉莉娅好好过日子，绝不允许这女人让婆家蒙羞。她有查尔斯和女儿哈丽雅特帮忙，家里最聪明的孩子菲利普甫一成年也加入进来。艾尔玛出生后，家里的事就更麻烦了。年迈的西奥博尔德夫人一度想插手，好在她的身体不行了。她从惠特比②出来一趟都很吃力，赫里顿夫人就想尽办法让她别费这个劲了。围绕每个小宝宝展开的奇怪较量，在这个家里很早就尘埃落定。艾尔玛得归她父亲的家族管，而不是她母亲那边。

---

① 里维埃拉（Riviera），南欧沿地中海一地区，包括法国东南部和意大利西北部，系假日游憩胜地。
② 惠特比（Whitby），英国海滨小镇，地处英格兰约克郡东部。

　　查尔斯去世之后，斗争重新开始。莉莉娅打算维护自己的权利，说得回去照顾西奥博尔德夫人。赫里顿夫人耗尽了自己的善心才把她劝住。最后，家里在索斯顿给莉莉娅置办了一座房子，她和艾尔玛在那儿住了三年，持续不断地接受亡夫家人的教化。

　　她难得回一趟约克郡，有一次回家期间又生出了事端。莉莉娅私下里告诉一位朋友，说她非常喜欢某位金克罗夫特先生，不过还没正儿八经地跟他订婚。消息传到赫里顿夫人那里，她立即写了封信询问情况，并指出莉莉娅要么订婚，要么谨守妇道，不存在什么中间状态。那封信写得很好，让莉莉娅方寸大乱。没等救援小队施加压力，她就乖乖地离开了金克罗夫特先生。回到索斯顿，莉莉娅痛哭流涕，说自己非常后悔。赫里顿夫人趁此机会，以前所未有的严肃态度和她谈了一番寡妇和母亲的责任。可不知为什么，从此以后事情始终不太顺利。莉莉娅就是不能以一位索斯顿遗孀的身份安生过日子。她是个糟糕的主妇，家里总是状况不断，还得靠御下多年的赫里顿夫人去替她摆平。没多大点事她就让艾尔玛不去上学，还由着孩子戴戒指。她学会了骑自行车，一大早就把镇上的人吵醒，有一个星期天傍晚她沿着大街骑得飞快，在教堂的拐弯处摔了下来。假如她不是家里的亲戚，这倒也算趣闻一件。可是，就连向来以离经叛道自居的菲利普，见此情景也好好地说了嫂子一顿，说的那些话她一辈子都忘不掉。也就是在那个时候，他们发现莉莉娅仍然允许金克罗夫特先生以"男性朋友"的身份给她写信、给艾尔玛寄礼物。

　　菲利普想到了意大利，这才挽回了局面。住在两条街开外的卡罗琳（这是个可爱而又持重的姑娘）要出门旅行一年，正在寻找旅伴。莉莉娅交出了她的房子，卖掉一半家具，另一半家具和艾尔玛一起留给了赫里顿夫人。如今她在大家的一致赞同下出发，去意大利换个环境。

　　那个冬天她经常给他们写信——比给她母亲写得还勤。她的信总是洋洋洒洒。她觉得佛罗伦萨漂亮极了，那不勒斯如梦似幻，就是气味太难闻。在罗马，只需要静静地坐下来感受就好。不过，菲利普倒是夸她有了进步。初春的时候，她开始游览菲利普推荐的几座小镇，这让他甚为满意。"在这样的地方，"她写道，"确实能感受到最本真的东西，有别开生面之感。每天早晨，透过哥特式的窗户向外望去，你简直难以相信中世纪已成为历史。"信是从蒙特里亚诺寄出的，末尾描绘了一番这座美妙的小镇，文笔还真不赖。

"她还挺满意的，真不容易，"赫里顿夫人说，"不过无论是谁，只要和卡罗琳·阿博特待上三个月，都会大有进步。"

这时候艾尔玛正好放学回家，赫里顿夫人便给她念她妈妈的信，边念边仔细地纠正了每一处语法错误，因为赫里顿夫人向来坚定维护家长的权威。艾尔玛规规矩矩地听着，不过很快就把话题转到了最近全心投入的曲棍球上。那天下午孩子们得投票选颜色——黄配白，或者是黄配绿。她问祖母怎么看？

赫里顿夫人当然是有看法的，她心平气和地把这看法阐述了一番，尽管哈丽雅特认为小孩子根本用不着颜色，菲利普则说这几种颜色都很难看。赫里顿夫人越来越为艾尔玛感到自豪，小孙女显然大有进步，"粗俗孩子"这个最为可怕的称呼对她已不再适用。赫里顿夫人迫切希望能在媳妇回国之前，把孙女管出个模样来。因此她对两位游客慢悠悠的行程毫无意见，甚至建议她们只要觉得合适，玩够一年后还可以多待些日子。

莉莉娅的下一封信也是从蒙特里亚诺寄出的，这让菲利普大为激动。

"她们在那儿住了一个多星期！"他喊道，"哎呀！换作是我都不会待那么久。她们肯定是特别喜欢那地方，要知道当地的旅馆不算很舒服。"

"真弄不明白这些人，"哈丽雅特说，"她们整天都干些什么啊？再说，我估计那地方连教堂都没有。"

"有圣德奥达塔教堂，在意大利最美的教堂里那也是数得上的。"

"我指的当然是英国式的教堂，"哈丽雅特硬邦邦地说，"莉莉娅向我保证过，每个礼拜日她都会待在大城市里。"

"她要是去圣德奥达塔教堂参加礼拜，就会发现那儿的气氛既美好又虔诚，欧洲的所有'后厨'都比不上。"

"后厨"是菲利普给圣詹姆斯教堂起的绰号，他姐姐经常会光顾这座小小的、令人压抑的建筑。哈丽雅特一向痛恨别人侮慢这座教堂，赫里顿夫人只好出来打圆场。

"好了，孩子们，别吵了。听我念莉莉娅的信。'我们太喜爱这个地方了。多亏菲利普向我推荐，真不知道该怎么感谢他！这儿不光奇异有趣，还能看到没受世俗沾染的意大利人是多么淳朴可爱。壁画太美了。卡罗琳越来越招人喜欢了，她整天忙着画素描。'"

"萝卜青菜，各有所爱！"哈丽雅特说，她总爱把陈词滥调当作警句挂在嘴边。她对意大利满怀莫名其妙的敌意，虽说她从未造访过那里。欧洲大陆她只去过一趟，那次事出偶然，她在瑞士信奉新教的地区待了六个星期。

"唉，哈丽雅特这坏家伙！"姐姐一离开房间，菲利普就说道。他母亲大笑起来，叫儿子不要没大没小。这时候艾尔玛冒了出来，她正要去上学，他们的讨论就此作罢。小孩子真能平息事端，这可不只是宗教传单上说说而已。

"艾尔玛，等一下，"她的叔叔说，"我要去火车站。咱们一道走吧，让你高兴高兴。"

他们一起出了门。艾尔玛挺开心的，但叔侄俩聊得并不起劲，因为菲利普不擅长跟小孩子聊天。赫里顿夫人在早餐桌旁多坐了一会儿，把莉莉娅的信又看了一遍。然后她帮着厨娘收拾好餐桌，把晚饭吩咐下去，又让女用人把会客室打扫干净，星期二轮到打扫会客室了。天气很不错，她想着时候还早，可以干点园艺活，便喊来了哈丽雅特，这会儿哈丽雅特已经不再为圣詹姆斯教堂受辱的事生气了。两人一起去了菜园，开始播种时鲜蔬菜。

"咱们把豌豆留到最后，种豌豆最有意思了。"赫里顿夫人说，把干活变成乐趣是她的拿手好戏。赫里顿夫人和长女一向相处融洽，不过母女俩并没有多少共同之处。哈丽雅特的教育简直是成功得过了头。就像菲利普有一回说的，她囫囵吞下了所有重要的美德，却消化不掉。哈丽雅特虔信宗教，热爱国家，是全家宝贵的道德财富，但她缺少母亲特别看重、也希望她能学会的灵活和圆融。如果由着哈丽雅特的性子，她早都跟莉莉娅公开决裂了，两年前恐怕还会跟菲利普彻底翻脸——那时他怀着对意大利的满腔热忱回到国内，对索斯顿镇及其生活方式大加嘲讽。

"妈妈，他太不像话了！"哈丽雅特当时喊道，"菲利普什么都嘲笑——读书俱乐部、辩论会、轮换式惠斯特纸牌比赛、义卖活动。这个样子大家肯定不喜欢。我们得维护自己的名誉。闹内讧的家族是无法立足的。"

赫里顿夫人的回答令人难忘："菲利普爱怎么说都随他去，这样我们想干什么他也都不会拦着了。"哈丽雅特默然同意了。

她们先播种了几样比较无趣的蔬菜，等到最后专心对付豌豆的时候，理所当然的疲惫已悄然袭来，这是一种令人惬意的感觉。哈丽雅特拉起细绳，确保豆种播成一条直线，赫里顿夫人用尖头棍子划出一道垄沟。垄沟划到头，她看了看手表。

"十二点了！第二班邮差来了。快去瞧瞧有没有信。"

哈丽雅特不想去。"我们先把豌豆播好吧。不会有信的。"

"不，亲爱的，还是去看看吧。我来播种，等你回来把土盖上——豌豆千万别给小鸟看见！"

赫里顿夫人小心翼翼地让豆种均匀地从手中撒落，到了垄沟的尽头，她发觉自己从没播得这么漂亮过。再说，豌豆可是很贵的。

"居然有西奥博尔德老太太的信！"哈丽雅特回来了。

"念给我听。我手脏。带饰章的纸真让人受不了。"

哈丽雅特拆开了信封。

"我看不懂，"她说，"写得莫名其妙。"

"她的信都是这样。"

"可这封信比平常还怪，"哈丽雅特说，她的声音开始发颤，"你瞧，妈妈，你看看哪；我一点儿都看不懂。"

赫里顿夫人宽容地接过信去。"很难懂吗?"过了好一阵子,她说道,"这封信哪儿让你看不懂啊?"

"信的意思——"哈丽雅特支吾起来。几只麻雀蹦蹦跳跳地凑过来,瞅着那些豌豆。

"意思非常清楚——莉莉娅订婚了。别喊,亲爱的,我求你别喊——什么话都别说。我会受不了的。她要嫁给在旅馆认识的一个人。你拿去自己看。"突然,一个看似微不足道的细节让赫里顿夫人的情绪失去了控制。"她竟敢不直接告诉我!她竟敢先给约克郡那边写信!天哪,难道这种事我竟然得靠西奥博尔德夫人才能知道——靠这样一封高高在上、傲慢无礼的信?难道我一点儿都管不着她?亲爱的,你看好了——"她激动得说不下去了,"——你看看,为了这个我永远都不会原谅她!"

"哎呀,这可怎么办?"哈丽雅特呜咽着说,"这可怎么办啊?"

"先这么办!"她把信撕得粉碎,扔到地上。"然后,给莉莉娅发电报!不,给卡罗琳·阿博特小姐发电报。她也得解释解释。"

"哎呀,这可怎么办?"哈丽雅特又说了一遍,跟着母亲回了屋。面对如此放诞无礼的行径,她简直是一筹莫展。莉莉娅究竟遇上了怎样可怕的事——遇上了怎样可怕的人?"在旅馆认识的一个人。"信上只说了这么一句。什么样的人?绅士?还是英国人?信上没提。

"电告在蒙特里亚诺逗留原因。有离奇的传言。"赫里顿夫人口授道,还说电报要发给阿博特,地址是意大利蒙塔利亚诺的意大利之星旅馆。"如果那儿有电报局,"她又说,"今天傍晚我们就能收到回复。菲利普晚上七点回家,八点一刻的那班火车正好能赶上多弗尔港的午夜轮渡——哈丽雅特,你去发电报的时候,顺便从银行取一百镑面值五镑的钞票。"

"可是为什么——怎么——"

"去吧,亲爱的,马上去。别再说了。我瞧见艾尔玛回来了。赶紧去……哦,亲爱的艾尔玛,今天下午你在哪一支球队啊——伊迪丝小姐那边,还是梅小姐?"

不过，她刚在孙女面前装出一副若无其事的样子，转身就去了图书室，翻出大地图，她想对蒙特里亚诺有所了解。这个名字用的是最小号字体，印在乱糟糟一片模糊不清的棕色群山中间，山名叫"亚平宁山脉分支"。这地方离她在学校学过的锡耶纳没多远。有一条细细的黑线从旁边蜿蜒而过，线上标着一根根锯齿般的竖道，她知道这代表铁路。可是地图上有许多东西得依靠想象，她却一点儿想象力都没有。她翻开《恰尔德·哈洛尔德游记》①找了一通，但拜伦没去过那地方。《浪迹海外》②的作者马克·吐温也没去过。求助于文学作品是行不通了，她只能等菲利普回来再问。一想到菲利普，她就去菲利普的房间试了试，结果找到了贝德克尔③写的《意大利中部》。她生平第一次翻开这本书，读到了以下内容：

蒙特里亚诺（人口四千八百）。**旅馆**：意大利之星，条件中等；环球，卫生不佳。加里波第咖啡馆*。邮局和电报局在维托里奥·埃马努埃莱大道，邻近剧院。可在塞盖纳照相馆照相（佛罗伦萨的价格更便宜）。主要的火车车次有公共马车（车费一里拉）接送。

名胜（二至三小时）：圣德奥达塔、公共大厦、圣阿戈斯蒂诺、圣卡泰丽娜、圣安布罗焦、卡波基大厦。不必请导游（费用二里拉）。沿城墙散步万万不可错过。可登上城堡观赏风景（低额小费），以日落时最佳。

历史：蒙特里亚诺，古老的蒙斯里阿努斯，但丁曾记述其吉伯林派④社团（《炼狱》，第二十章），一二六一年彻底脱离波吉邦

---

① 《恰尔德·哈洛尔德游记》（Childe Harold），英国诗人拜伦（1788—1834）带有自传色彩的长篇叙事诗。
② 《浪迹海外》（A Tramp Abroad），美国作家马克·吐温（1835—1910）赴欧洲中南部旅游的游记作品，常被视为《傻子出国记》（The Innocents Abroad）的续篇。
③ 卡尔·贝德克尔（Karl Baedeker，1801—1859），德国出版商，以其出版的欧洲各国旅游指南知名。
④ 吉伯林派（Ghibelline），中世纪时期意大利的政治派别，效忠神圣罗马帝国皇帝，同效忠教皇的归尔甫党相对立。

西①的控制。此后"赶跑波吉邦西人，蒙特里亚诺城邦独立！②"
这两句诗便流传下来，晚近时还被刻在锡耶纳门上。保持独立多
年，直至一五三〇年遭教皇军队洗劫，并成为托斯卡纳大公国的
一部分。如今它的地位无足轻重，系地区监狱所在地。当地居民
仍以和蔼可亲著称。

　　游客可从锡耶纳门直接前往圣德奥达塔大教堂，欣赏美丽的
壁画*（右侧第五间祈祷室）……

　　赫里顿夫人没再往下看了。她根本觉察不出旅游指南中言不尽意
的魅力。有些信息在她看来实属多余，介绍从头到尾都很无趣。但
菲利普只要一读到"可登上城堡观赏风景（低额小费），以日落时最
佳"，就会怦然心动。她把书放回原处，下楼走到柏油路边左右张望，
看女儿什么时候回来。她终于看到女儿出现在两条街之外，徒劳地想
甩开身旁的阿博特先生，他是卡罗琳·阿博特小姐的父亲。哈丽雅特
向来运气不好。最后她总算回到家里，又热又烦，手里的钞票哗哗直
响。艾尔玛跳上前去迎接，却在她的鸡眼上重重地踩了一脚。

　　"你的脚一天大似一天。"哈丽雅特忍痛说，狠狠地推了侄女一
把。艾尔玛哭了起来，赫里顿夫人很恼火，怪女儿不该流露出急躁情
绪。午饭难吃透顶，上布丁的时候消息传来，说厨娘的手脚过于灵
活，把炉子上最要紧的一个旋钮给掰断了。"真糟糕。"赫里顿夫人
说。艾尔玛跟着来了一句"蒸糕糕"，结果挨了顿训，要她不许没礼
貌。吃过午饭，哈丽雅特本想拿出贝德克尔的旅游指南，以一副委屈
的腔调读一读蒙特里亚诺，读一读古老的蒙斯里阿努斯，却给母亲拦
住了。

　　"亲爱的，读这些东西也太荒唐了。她又不是要嫁给当地的什么
人。显而易见，那人肯定是个游客，恰好在旅馆逗留。那个地方和这

① 波吉邦西（Poggibonsi），意大利中部托斯卡纳大区锡耶纳省的一个市镇。
② 原文为意大利语。

件事毫无关系。"

"可是她竟然会到那种地方去！再说，在旅馆还能碰到什么好人？"

"好人也罢，坏人也罢，这并不重要，我都告诉你好几回了。莉莉娅侮辱了我们全家，她得为此遭受惩罚。你一味抨击旅馆，我想你是忘了，我跟你父亲就是在沙莫尼①的旅馆认识的。亲爱的，眼下你什么忙都帮不上，我觉得你最好还是住口。我要去厨房了，得讲讲炉灶的事。"

赫里顿夫人讲得太多了些，厨娘说既然无法让她满意，还是辞工走人好了。手边的小事总比远方的大事要紧，于是乎，在意大利中部山上行为不端的莉莉娅立刻被抛到了脑后。赫里顿夫人飞奔到一家职业介绍所，却没找着新厨子；飞奔到另一家，还是无功而返。回到家，女佣又说家里乱成这样，干脆她也一起走吧。赫里顿夫人喝过茶，写了六封信，这期间先后被厨娘和女佣打断，两个人都哭哭啼啼地请她原谅，哀求她再次收留在家干活。在胜利的喜悦之中，门铃响了，是电报："莉莉娅与意大利贵人订婚。详情见信。阿博特。"

"不用回复了，"赫里顿夫人说，"把阁楼里菲利普先生的旅行包拿下来。"

她决不允许自己被未知的东西吓倒。其实现在她已经略知一二了。那个男人并不是什么意大利贵族，否则电报上早就这么说了。电文肯定是莉莉娅写的。除了莉莉娅，还有谁能犯下"意大利贵人"这样愚蠢而低级的错误？她想起了今天早上那封信里的话："我们太喜爱这个地方了……卡罗琳越来越招人喜欢了，她整天忙着画素描……意大利人是多么淳朴可爱。"还有贝德克尔旅行指南里的那句评论，"当地居民仍以和蔼可亲著称"，现在想来也充满了不祥的意味。赫里顿夫人虽说毫无想象力，却很有直觉，这种素质更管用。她自己勾勒出的莉莉娅未婚夫的形象，其实并不算很离谱。

___

① 沙莫尼（Chamonix），法国小镇，坐落于阿尔卑斯山勃朗峰脚下。

　　于是，菲利普一到家就得知，他务必在半小时内动身前往蒙特里亚诺。他的处境很尴尬。三年来他一直对意大利人赞不绝口，却从没想过要跟哪个意大利人做亲戚。他劝母亲说事情没那么严重，但内心深处却很赞同母亲接下来的一番话："那个男人是公爵也好，是在街头弹手风琴的也好，这都不重要。莉莉娅如果嫁给他，就是侮辱了已故的查尔斯，侮辱了艾尔玛，侮辱了我们全家。因此我绝不允许她这么做。她要是不听，我们就跟她一刀两断。"

　　"我尽力而为。"菲利普低声说。最近他一直也没什么事可做。他亲吻了母亲和姐姐，还有茫然不解的艾尔玛。在三月这个清冷的夜晚，他回头望了望家中温暖惬意的客厅，满不情愿地启程前往意大利，去处理一件庸常而又乏味的事情。

　　赫里顿夫人睡觉之前写了封信给西奥博尔德夫人，直言不讳地抨击了莉莉娅的行径，还暗示在这个问题上所有人都必须表明立场。她仿佛事后想起来似的加了一句，说西奥博尔德夫人的信是当天早上寄到的。

　　上楼的时候，她突然想起种的豌豆一直没覆上土。这比什么都叫她生气，她不停地拍打着栏杆，恼怒不已。虽然已经很晚了，她还是从工具房拿了一盏灯，下楼去了菜园，打算用耙子把土盖好。豌豆给麻雀吃得一颗都不剩。数不清的信纸碎片倒是还在，把整洁的菜地弄得不成样子。

第二章

茫然无措的游客在蒙特里亚诺车站下车，会发现四周都是乡村。铁路附近有几座房子，还有好些房子散布在平原和山坡上，可要说城镇——哪怕是中世纪的城镇——连一点影子都看不到。他得坐上一辆名副其实的"莱诺"木制马车（"莱诺"的意思就是"一段木头"），沿着美不胜收的道路行驶八英里，才能进入中世纪。像贝德克尔旅游指南写的那样来去匆匆，不但根本办不到，也是亵渎了这番美景。

下午三点，菲利普离开了符合常理的领域。一路舟车劳顿，他在火车上睡着了。同车的乘客有着意大利人普遍具备的未卜先知天赋，火车开到蒙特里亚诺，他们知道这是他要去的地方，便把他赶下了车。他的双脚陷进了站台滚烫的沥青地面，本该帮忙拎行李的搬运工却跳上铁轨，和列车长玩起了"最后碰一下"的游戏。天哪！他对意大利简直是毫无兴致。叫"莱诺"马车得讨价还价，他觉得无聊透顶。赶车的开价六里拉；菲利普明知八英里的车费顶多只有四里拉，但他还是打算照着要价给钱，让那家伙一整天既不过瘾，又不开心。好在这时传来一阵叫喊，他总算没犯下这种社交大忌。他抬头望去，只见路上有个人把鞭子甩得啪啪作响，挥动缰绳，赶着两匹马狂奔而来，身后能看到一个晃晃悠悠的女人，两手像海星似的紧紧扒着能抓住的东西。是阿博特小姐。她刚收到菲利普寄自米兰、告知抵达时间的信，便匆匆赶来迎接他。

他认识阿博特小姐已经很多年了，对她这个人并没有任何特别的看法。她善良、文静、无趣、友善，还挺年轻。说她年轻仅仅是因为她才二十三岁：无论从她的外貌还是举止上，都看不出一丝青春的火焰。她自小就没离开过索斯顿，一直跟无趣而和气的父亲生活在一起。索斯顿街头的人们很熟悉她亲切、苍白的面容，她总喜欢致力于种种值得尊敬的善行。她竟然愿意离开索斯顿远行，的确让人意想不到。不过正如她自己实话实说："我是个彻彻底底的英国人，可我真的很想去意大利看看，就这一回。所有人都说意大利很奇妙，而且光从书本上根本没法感受到。"牧师说一年时间太久，阿博特小姐的回答既得体又透着顽皮："唉，你总得让我尽情玩乐一次吧！我保证就这一回，下不为例。它会给我留下终生难忘的回忆和谈资。"牧师同意了，阿博特先生也同意了。于是，现在她孤零零地坐在一辆"莱诺"上，灰头土脸，心惊肉跳，不仅要回答许多问题，还承担着极大的责任，就像最胆大妄为的冒险家所向往的那样。

他们一言不发地握了手。阿博特小姐给菲利普和他的行李腾出地方，马车夫愤愤不平地嚷嚷起来，车站站长和车站里的乞丐两个人费尽口舌相劝，他才作罢。直到他们动身，马车上都保持着沉默。三天以来菲利普一直都在考虑该怎么办，考虑更多的问题则是该怎么说。他设想了十几次谈话的过程，每一次谈话中他都靠着逻辑严密、能言善辩而大获全胜。但是该怎么开始呢？他已经深入敌境，这里的一切——炙热的太阳，热浪过后凉爽的空气，一排排连绵不绝的橄榄树看似普通却神秘莫测——似乎都与索斯顿的平静氛围格格不入，而他的思想正发源于这种氛围。从一开始他就作出了极大的让步。如果这桩姻缘真的很般配，莉莉娅又心意已决，那么他就会罢手，转而尽力说服母亲成全此事。要是在英国，他绝不会做出这样的让步。可是在这里，在意大利，不管莉莉娅有多么任性、多么愚蠢，她毕竟是活得越来越像个人了。

"咱们现在就好好谈谈吧？"他问道。

"当然可以，请吧，"阿博特小姐惶惶不安地说，"你想谈什么都行。"

"她订婚多长时间了？"

她看起来就像个十足的傻瓜——还是个胆战心惊的傻瓜。

"没多长时间——真的没多长时间。"她结结巴巴地说，好像时间不长就能让他安心似的。

"如果你还记得，我想知道准确的时间。"

她掰着指头仔仔细细地计算起来。"正好十一天。"她最后说。

"你们在这儿待了多久了?"

又是一通计算,这期间他不耐烦地抖起了脚。"将近三个星期。"

"来这儿之前你们就认识他了?"

"不认识。"

"哦!他是什么人?"

"这儿的当地人。"

沉默再次降临。这时他们已驶出平原,刚刚进入山区,路边还有橄榄树。为了减轻马的负担,性格开朗的胖车夫下了车,跟在旁边步行。

"我听说他们是在旅馆认识的。"

"那是西奥博尔德夫人搞错了。"

"我还听说他是一位意大利贵人。"

她没回答。

"我可以知道他的名字吗?"

阿博特小姐低声说:"卡雷拉。"但是马车夫还是听见了,脸上顿时绽开笑容。订婚的消息肯定已经传遍了。

"卡雷拉?伯爵?侯爵?还是什么?"

"先生。"阿博特小姐说着,无可奈何地转开了视线。

"我问这些,也许你觉得很无聊。如果是这样,我就不问了。"

"哦,没有,一点也没有。我来见你——这是我自己的主意——就是想把所有的情况告诉你,你肯定很希望——我还想看看能不能——你尽管问好了。"

"那好。他多大年纪?"

"哦,他很年轻。二十一岁吧,我觉得。"

菲利普的惊叹脱口而出:"我的上帝啊!"

"说起来谁都不会相信的,"阿博特小姐说着涨红了脸,"他看上去要老成得多。"

"长相很英俊吧?"他问道,语气越来越讽刺。

她变得坚定起来。"很英俊。五官都很好看,而且身材魁梧——

不过我觉得按照英国人的标准，他的个头也许太矮了点。"

菲利普在身体方面的一个优势就是身高，但阿博特小姐似乎对此不以为意，这让他觉得很恼火。

"我能否断定你喜欢他？"

她再次坚定地答道："就我见到他的情况来说，的确如此。"

这时，马车驶入了一片小树林，棕色的树林暗沉沉地坐落在耕种过的山坡上。林间的树木长得不高，没有叶子，但恰恰因此而引人注目——树干矗立在紫罗兰丛中，犹如矗立在夏日海面上的礁石。英国也有这种紫罗兰，但不像这么多。绘画作品中也没有这么多，因为哪个画家都没有这样的勇气。车辙仿佛是紫罗兰汇成的海峡，凹陷处犹如潟湖；干燥的白色路沿上都洒着斑斑驳驳的紫色，就像河岸边的一条堤道，即将被逼近的春潮淹没。菲利普当时并没有注意这些，他在想接下来该说些什么。但他的双眼记住了这幅美景。来年的三月，他没忘记通往蒙特里亚诺的道路会穿过数不清的花朵。

"就我见到他的情况来说，我的确喜欢他。"阿博特小姐停顿片刻，又说了一遍。

菲利普觉得她这话有点儿挑衅的意味，便立刻对她发动镇压。

"请问，他是干什么的？你还没有告诉我。他是什么身份？"

她张开嘴要说话，却没发出声音。菲利普耐心地等着。她想表现出无所畏惧的样子，却可怜兮兮地失败了。

"没什么身份。用我父亲的话来说，他正在等待机会。要知道，他刚刚服完兵役。"

"是列兵吧？"

"应该是的。这儿有普遍兵役制。他好像是在神枪手步兵团 ① 服役。那不是一支顶呱呱的部队吗？"

"那个团里的兵必须又矮又壮。他们还必须能一小时行军六英里。"

---

① 神枪手步兵团（Bersaglieri），亦称"狙击步兵""轻步兵"，系成立于 1836 年的意大利精锐部队，兵员素质和装备堪称一流。

她惶然无措地望着他，根本没听懂他在说什么，只觉得他的头脑实在太灵光。随后，她继续为卡雷拉先生辩护。

"现在，他和大多数年轻人一样，正在找事情做。"

"与此同时呢？"

"与此同时，和大多数年轻人一样，他跟家人住在一起——父亲、母亲，两个妹妹，还有个很小的弟弟。"

她那股令人恼火的轻松劲儿，气得他几乎要发疯。他终于决定让她住嘴。

"还有一个问题，最后一个。他父亲是干什么的？"

"他父亲，"阿博特小姐说，"呃，恐怕你会认为这桩婚事不算门当户对。可是这并不重要。我是说这一点并不——我是说社会地位的差别——爱情，毕竟——不管怎么说——"

菲利普咬紧牙关，没说话。

"男人看问题有时候太苛刻。但我觉得你，无论如何，你母亲——不管从哪方面看都那么好，那么不同凡俗——毕竟，爱情——婚姻是上天的安排。"

"没错，阿博特小姐，我知道。但我急着想听听上天的选择。你唤起了我的好奇心。莫非我的嫂子要嫁给一位天使？"

"赫里顿先生，你别——请别这么说，赫里顿先生——牙医。他父亲是个牙医。"

菲利普叫了一声，从心底里泛起一股厌恶和疼痛之感。他全身打了个冷战，往旁边挪了一点，离开这位同伴。牙医！蒙特里亚诺的牙医。仙境里的牙医！假牙、笑气、躺椅，在这个地方，在他了解伊特鲁里亚联盟①、罗马和平②、阿拉里克③、玛蒂尔达伯爵夫人④和中世纪的

---

① 伊特鲁里亚联盟（Etruscan League），意大利中西部古国的伊特鲁里亚人组成的城镇联盟。
② 罗马和平（Pax Romana），公元前 27 年至公元 180 年罗马帝国统治下的和平时期，当时罗马帝国的经济、文化、军事、艺术都达到了前所未有的高峰。
③ 阿拉里克（Alaric，370？—410），西哥特人领袖，曾三次率军入侵意大利。
④ 玛蒂尔达伯爵夫人（Countess Matilda，1046—1115），意大利北部托斯卡纳等地区的女领主，教会改革的坚定支持者。

地方，所有的战争与神圣，还有文艺复兴，所有的战争与美！他不再想莉莉娅了。他为自己而忧虑：他担心浪漫会就此消亡。

浪漫只会随着生命消亡。不管用什么钳子，都无法把浪漫从我们的身上拔掉。然而有一种虚假的情怀，根本抵挡不住出乎意料、格格不入或是荒诞离奇的事情。轻轻一碰就摇摇欲坠，这样的情怀还是越早离开我们越好。这种情怀现在就离开了菲利普，于是他才发出痛苦的叫喊。

"我真想不通是怎么回事，"他开口了，"如果莉莉娅一心要羞辱我们，她大可以选择一种不这么令人厌恶的方式。一个中等个头、脸蛋漂亮的毛头小子，蒙特里亚诺一位牙医的儿子。我说得没错吧？我是否可以推测他身上一个子儿也没有？我是否还可以推测他毫无社会地位？再说——"

"别说了！我什么都不告诉你了。"

"说真的，阿博特小姐，这个时候再缄口不语可有点晚了。你已经让我掌握了许多情况！"

"我一个字都不跟你说了！"她喊道，一下子惊慌起来。接着她拿出手绢，好像就要掉眼泪了。菲利普沉默了一会儿，向她示意这个话题到此结束，然后聊起了其他的事情。

马车现在又驶入了橄榄树丛，那片美丽而野趣盎然的树林已在身后。不过随着他们在山上越走越高，原野也变得开阔起来，蒙特里亚诺出现在右前方一座高高的山丘上。橄榄树朦胧的绿意一直延伸到城墙上，小城仿佛遗世独立地漂浮在树木与天空之间，犹如梦境中建造在船上的神奇城市。小城是棕色的，远远望去连一座房屋都没显露出来——只能看见窄窄的一圈城墙，以及城墙之后的十七座塔楼——鼎盛时期遍布全城的五十二座塔楼，如今只剩下这么多。有的塔楼已是残垣断壁；有的歪斜得厉害，摇摇欲倒；有的则依旧昂然挺立，像桅杆一样直刺蓝天。这座小城无法用"美丽"来夸赞，但也不能以"奇异"来贬低。

与此同时，菲利普不停地说着话，他觉得这是足智多谋的充分体现。这等于向阿博特小姐表明他早已摸透了她的底细，但还能够克制住厌恶之情，并凭借智慧的力量，让自己一如往常地既亲切又风趣。菲利普并不知道自己说了一大堆毫无意义的话，也没意识到他一边望着蒙特里亚诺，一边想着城里的牙医业，他那智慧的力量已大为削弱。

随着道路在树丛中蜿蜒而上，他们上方的小城一会儿跑到左边，一会儿跑到右边，一会儿又跑到左边，塔楼开始在沉落的夕阳下闪闪发光。来到近处，菲利普看到聚集在城墙上的人头黑压压地连成一片，便明白发生了什么事——陌生人出现的消息已经传开，乞丐们蠢蠢欲动，竞相调整着各自的残障姿态；卖雪花石膏制品的男人奔向他的货物，官方认证的导游跑去拿他的尖顶帽和两张推荐卡——一张是麦达维尔 ① 的麦吉小姐给的，另一张没那么金贵，来自秘鲁王后的掌马官；还有一个人跑去向意大利之星旅馆的老板娘报信，让她戴上珍珠项链，穿上棕色靴子，把备用客房里的脏水桶倒空；老板娘又跑去告诉莉莉娅和她的那个小伙子，决定他们命运的时刻即将来临。

也许菲利普不该这么口若悬河。他把阿博特小姐弄得几乎要精神错乱，却没给自己留出制定计划的时间。旅程突然间就到了终点。他们从树丛中驶出，来到了城墙外围的一片平地，身后的阳光下是半个托斯卡纳地区灿烂夺目的风光，然后他们拐弯进了锡耶纳门，旅程就结束了。海关的人宾至如归地为他们放行，马车沿着狭窄阴暗的街道咔哒咔哒地向前驶去，一路上受到了既好奇又友善的欢迎，这样的欢迎会让每一位来到意大利的游客开心不已。

菲利普懵住了，不知该如何是好。到了旅馆，他受到了非同一般的接待。老板娘紧紧攥住他的手；一个人抢过他的雨伞，另一个人拎走了他的旅行袋；人们你推我挤，纷纷给他让路。大门好像给一大群人堵得严严实实。狗在叫，有人吹响了带气囊的哨子，女人们挥舞着手绢，孩子们在楼梯上兴奋地大呼小叫。在楼梯顶上站着的正是莉莉

---

① 麦达维尔（Maida Vale），伦敦西部帕丁顿地区著名的高级住宅区。

娅，身穿她最漂亮的一套衣服，光彩照人。

"欢迎！"她喊道，"欢迎来到蒙特里亚诺！"菲利普不知道还能怎么办，只得跟她打了招呼，人群中顿时响起一阵低低的赞叹。

"是你叫我到这儿来的，"她接着说，"我没有忘记。我来介绍一下卡雷拉先生吧！"

菲利普隐约看到她身后的角落里站着个小伙子，此君以后或许会给人留下英俊而魁梧的印象，但当时看上去绝不是这样。他半遮半掩地躲在又旧又脏的窗帘后面，紧张兮兮地伸出一只手，菲利普握了握，觉得这手很厚实，还汗津津的。楼梯下面又传来一片赞叹之声。

"对了，晚饭马上就好，"莉莉娅说，"顺着走廊往前就是你的房间，菲利普。你不用去换衣服了。"

他跌跌撞撞地去洗手，被她的厚颜无耻彻底击败。

"亲爱的卡罗琳！"菲利普刚走，莉莉娅就悄声说，"你先把事情告诉他，简直是太好了！他冷静得很嘛。但你肯定是度过了难熬的一刻钟。"

阿博特小姐忍耐许久的惊恐突然变成了尖刻。"我什么都没说，"她发火了，"这全是为了你——要是一刻钟就能了事，算你走运！"

晚餐犹如一场噩梦。气味难闻的餐厅里只有他们几个人。莉莉娅坐在上首，打扮得光鲜亮丽，叽叽喳喳地说个不停；阿博特小姐坐在菲利普旁边，也穿着最好的衣服，看起来越来越像是悲剧里的闺中密友，让菲利普十分恼火。卡雷拉先生——意大利贵人的后裔——坐在对面。他身后放着一只鱼缸，金鱼在里头游来游去，鼓起眼睛望着这帮客人。

卡雷拉先生的脸抽搐得厉害，菲利普从这张脸上看不出个所以然。但他能看清那双手：不算特别干净，还老是去摆弄油光发亮的头发，不见得还能干净多少。他浆洗过的袖口也不干净，那件西服显然是特意去买的英国货——是一件巨大的格子西服，完全不合身。他忘了带手绢，却从没觉得少了点什么。总而言之，他非常上不得台面，能有个在蒙特里亚诺做牙医的父亲已经算很走运了。莉莉娅究竟为什么——不过晚餐一开始，菲利普就有了答案。

原来这小伙子是饿了，未婚妻给他的盘子里盛满了意大利细面条。随着这堆香喷喷、滑溜溜、虫子似的面条飞快地溜进他的喉咙，他的脸也松弛下来，片刻间便显现出一副无所用心而又泰然自若的模样。这样的脸，菲利普以前在意大利见过上百次——他见过，也很喜爱，因为这脸孔不单漂亮，还带着降生在这片土地上的每一个人与生俱来的魅力。但他并不愿意吃饭时看到这脸孔出现在他对面。绅士的脸可不是这副模样。

餐桌上的谈话——姑且称之为谈话吧——混杂着英语和意大利语。后一种语言莉莉娅压根没学会多少，而前一种语言卡雷拉先生则是一窍不通。阿博特小姐偶尔还得在两位情侣之间充当翻译，那情形简直不堪入目，让人反感至极。可是菲利普太过怯懦，他并不敢当场发作，宣布婚约无效。他觉得如果能和莉莉娅单独谈谈效果应该会更好，还给自己找借口说在作出决断之前，必须先听听她的辩解。

在意大利细面条和刺激嗓子的葡萄酒的鼓舞之下，卡雷拉先生也想开口了。他客客气气地望着菲利普说："英国是个伟大的国家。意大利人喜爱英国，也喜爱英国人。"

菲利普没心情跟他来这种国际上的客套，只欠了欠身。

"意大利也一样，"对方略带怒意地继续说道，"也是个伟大的国家。产生了许多著名人物——比如加里波第和但丁。但丁写出了《地狱》《炼狱》和《天堂》，《地狱》是其中最动人的一部。"接着，他以当真受过教育的那种得意扬扬的腔调，引用了开篇的几行诗句——

> 在人生的中途
> 我发现我已经迷失了正路
> 走进了一座幽暗的森林——①

---

① 引自《神曲·地狱篇》(人民文学出版社 1997 年版，田德望译)。

他根本没想到这几句诗引用得有多么合适。

莉莉娅瞥了菲利普一眼，想看看他有没有注意到她要嫁的人并非无知无识之辈。她急于展示未婚夫的所有优点，突如其来地聊起了帕洛内球的话题，看样子他对这种球非常在行。卡雷拉突然变得拘谨起来，咧开嘴露出了自鸣得意的笑——那是乡巴佬的板球得分在外人面前受到夸奖时的笑容。菲利普本来很喜欢看帕洛内球，这种引人入胜的运动把草地网球和墙手球结合在了一起。但以后他恐怕再也不会这么热衷于此项运动了。

"哎呀，快看！"莉莉娅惊叫，"可怜的小鱼！"

刚才他们费劲地嚼着颜色发紫、扑棱扑棱的牛肉，有一只饥肠辘辘的猫就搅得他们不得安生。卡雷拉先生带着意大利人常见的那种野蛮劲儿，抓住猫的爪子把它扔到了一边。这会儿猫又爬到金鱼缸边上，探着爪子想把鱼捞出来。他站起身赶走了猫，在鱼缸旁边找到一只大玻璃塞子，把缸口的洞孔堵得严严实实。

"鱼不会闷死吗？"阿博特小姐说，"它们没空气了。"

"鱼靠水维生，不是空气。"他以见多识广的口吻回答，坐了下来。看样子他又很放松了，居然开始往地板上吐痰。菲利普瞟了一眼莉莉娅，却没发现她流露出丝毫反感。她勇气可嘉地说个不停，直到这顿令人生厌的晚餐结束。最后她站起身说："好了，菲利普，我想你肯定打算告辞了。我们明天中午十二点吃午饭的时候再见，如果之前不再见面的话。他们会把牛奶咖啡送到客房。"

这也太无耻了。菲利普回答说："不好意思，我想马上就在我房间里跟你谈谈。我这么远跑来有正事要办。"他听到阿博特小姐倒吸了一口气。卡雷拉先生正在点一支臭气熏人的雪茄，没听懂这句话。

情况正如他所料。单独和莉莉娅见面的时候，他一点儿都不紧张了。他想起自己长期以来在智力上的优势地位，觉得信心大增，便滔滔不绝地说了起来：

"我亲爱的莉莉娅，咱们别大吵大闹。来这儿之前，我本以为得好好盘问你一番。现在没这个必要了。我什么都知道了。阿博特小姐跟我说了一些情况，其他的我自己都看出来了。"

"你自己看出来了？"她惊叫道。菲利普事后回想起来，当时她的脸涨得通红。

"我看出他也许是个流氓，而且毫无疑问是个无赖。"

"意大利没有无赖。"她立刻说。

他大吃一惊。这是他自己说过的话。接着她又说了一句更令人恼火的话："他是个牙医的儿子。这有什么不行的？"

"谢谢你告诉我这一点。我刚才跟你说了，我什么都知道了。我也很清楚，在乡下小镇拔牙的一个意大利人是什么社会地位。"

其实菲利普并不清楚，但他敢断定那地位低下得很。莉莉娅也没跟他争辩。但她反应挺快，转而说道："说实话，菲利普，你太让我惊讶了。我还以为你一向支持平等什么的呢。"

"我还听说卡雷拉先生是一位意大利贵人呢。"

"哦，我们在电报里特意那么说的，免得吓到亲爱的赫里顿夫人。但这是真的啊。他是年轻一辈的旁支后裔。家族肯定会开枝散叶的——就像你们家的那位约瑟夫表哥。"她精明得很，单单挑出了赫里顿家族唯一一位乏善可陈的成员。"吉诺的父亲为人特别谦和，在牙医行当干得风生水起。这个月他就要离开蒙特里亚诺，到波吉邦西开业。虽说我是个小人物，我总觉得人的本质才是最重要的，不过恐怕你不会赞同。我还想告诉你，吉诺的叔叔是一位神父——就跟我们国家的牧师一样。"

菲利普很清楚意大利神父是什么社会地位，便接着这个话题讲了一大通，结果莉莉娅打断他说："还有，吉诺的表哥在罗马当律师。"

"什么样的'律师'？"

"怎么，就跟你一样啊——只不过他事情很多，总也脱不开身。"

这话把菲利普伤得够呛，但他并不愿流露出来。他改变策略，以温和、安抚的语气说了下面这番话：

"整件事情就像一场噩梦——它太可怕了，不能任其继续下去。那个男人身上哪怕有一丝一毫可取之处，我也许都会于心不安。这只能留待时间去检验了。现在看来，莉莉娅，他欺骗了你，但你很快就能把他识破。你是一位淑女，惯于和绅士淑女相处，绝对忍受不了这么一个毫无地位的——怎么说呢，就连在工人聚居区给用人看病的牙医的儿子，他都比不上。我现在不怪你。我只怪意大利太有魅力——你知道，我也感受过这种魅力——而且我觉得阿博特小姐负有很大的责任。"

"卡罗琳？你怪她作什么？这一切跟卡罗琳有什么关系？"

"我们本来指望她——"他发现回答这个问题会给自己带来麻烦，便把手一挥，接着说道："我敢确信你们的婚约长久不了，这一点你内心深处也会赞同。想想你在国内的生活吧——想想艾尔玛！我还得说，想想我们。你是知道的，莉莉娅，我们把你看得比亲戚重得多。你要是这么做，我会觉得仿佛失去了亲姐姐，我母亲会觉得失去了亲女儿。"

她好像终于给打动了，别过脸去，说道："现在我没法取消婚约了！"

"可怜的莉莉娅，"他说，心下也非常感动，"我知道这会很痛苦。可我是来救你的。也许我是个书呆子，但我有勇气去面对一个流氓。他只不过是个厚颜无耻的臭小子。他以为他能威胁你，逼着你履行婚约。等他发现自己要对付一个男子汉，就不会那么霸道了。"

接下来发生的事应该用某种比喻来形容——犹如火药爆炸，雷轰电掣，天崩地裂——把菲利普掀到空中，劈翻在地，又吞进深渊。莉莉娅转过脸，对她那英勇的护花使者说：

"我这辈子得第一次谢谢你别管我的闲事。也谢谢你的母亲。十二年来你们一直在调教我、折磨我，我再也不受这个罪了。你们以为我是傻子吗？你们以为我从来都没有感觉？啊！想当初我进了你们家的门，可怜巴巴的一个小媳妇，你们都是用什么眼神打量我的——连一句体贴的话都没有，对我评头论足，认为我也就是还凑合。你母亲对我管头管脚，你姐姐对我冷言冷语，你倒好，拿我讲笑话寻开心，显摆你有多聪明！查尔斯死后，为了你们这个可恶的家族的名誉，我还得继续受你们的管束，困在索斯顿学着当管家婆，根本没机会再婚。我不干，谢谢你！绝对不干，谢谢你！'流氓'？'厚颜无耻的臭小子'？拜托，这说的除了你还能是谁？不过，感谢上帝，现在我能够勇敢地面对世界了，因为我找到了吉诺，这次我要为了爱情而结婚！"

她的抨击刺耳得很，却都是实话实说，把他弄得寸大乱。但她那极其傲慢的态度让菲利普无法保持沉默，于是他也发作了。

"没错！我不准你这么做！或许你瞧不起我，觉得我软弱可欺。可是你错了。你忘恩负义、傲慢无礼、卑鄙无耻，但我还是要挽救你，这样才能挽救艾尔玛和我们的名誉。这座小城会闹出一场大动静，你跟他都会后悔的，后悔你不该来这里。任何事都不会让我退缩，我的火气上来了。你不该笑的。我不准你嫁给卡雷拉，我这就去告诉他。"

"好啊，"她喊道，"现在就去告诉他。跟他说个一清二楚。吉诺！吉诺！快进来！进来！菲利普兄弟不准我们结婚！"

吉诺一下子就冒了出来，刚才他肯定是在门外偷听。

"菲利普兄弟的火气上来了。什么都不会让他退缩。哦，千万别让他伤着你！"她扭着腰肢，穷形尽相地模仿起菲利普走路的样子，接着骄傲地瞥了一眼未婚夫宽厚的肩膀，愤然冲出了房间。

她是想让他们打架吗？菲利普压根就不想打架，看样子吉诺也不打算这么干——他紧张兮兮地站在房间中央，嘴唇和眼睛都在抽搐。

"请坐，卡雷拉先生，"菲利普用意大利语说，"赫里顿女士非常激动，不过我们没有理由不保持冷静。请你抽根烟可以吗？请坐吧。"

吉诺没接香烟，也不肯坐，仍旧站在灯光下最刺眼的地方。菲利普把自己的脸藏进了阴影里，这样的地利他可是求之不得。

他好一阵子没说话。这样或许能给吉诺造成压力，也让他自己有时间镇定下来。这一回他不会再沦落到高声咆哮的地步，刚才他莫名其妙地就学了莉莉娅的样儿。他要以克制的态度让对手感受到威压。

菲利普抬起头正要开口——怎么回事，吉诺为什么悄没声地笑得浑身抽搐？那笑容倏然消失，但已经让菲利普紧张起来，说话的语气也比他原先设想的更为傲慢。

"卡雷拉先生，我跟你直说了吧。我来这儿就是为了阻止你和赫里顿女士结婚，因为我认为你们俩在一起都不会幸福。她是英国人，你是意大利人；她的生活习惯和你的生活习惯天差地远。还有——恕我直言——她有钱，你没钱。"

"我娶她不是因为她有钱。"吉诺气呼呼地回答。

"我绝无此意，"菲利普彬彬有礼地说，"你是个值得尊敬的人，这我敢确信。但你是否明智呢？我还得提醒你，我们希望她回到我们身边。否则，她的小女儿就没有妈妈了，我们这个家庭也会支离破碎。如果你答应我的请求，我们将不胜感激——你也不至于白白失望，会得到一份补偿。"

"补偿——什么补偿？"他靠住一只椅背弯下腰，热切地望着菲利普。他们这么快就开始谈条件了。可怜的莉莉娅！

菲利普慢悠悠地说："一千里拉怎么样？"

吉诺从灵魂深处发出一声惊叹，接着就不作声了，嘴巴张得老大。菲利普能出到这个数的两倍，他估计会有一番讨价还价。

"钱今晚就能拿到。"

吉诺好不容易迸出几个字："太晚了。"

"为什么？"

"因为——"吉诺的声音都变了。菲利普盯着他的脸——这张脸一点都不文雅，表情却非常丰富——只见它在颤抖，在还原，在变形，显露出种种捉摸不定的情绪。忽而贪婪，忽而傲慢，忽而又透出谦和、愚蠢或是狡黠——我们但愿那其中偶尔还有爱情的成分。然而有一种情绪逐渐占了上风，还是最令人意想不到的一种。吉诺的胸口一起一伏，眨动着眼睛，嘴巴也抽搐起来；突然间，他猛地站直身子，爆发出一阵全身心的狂笑。

菲利普一跃而起。吉诺本来都张开了胳膊要给这位体面人物让路，却又抓住他的肩膀，摇晃着他说："我们已经结婚了——结婚了——我一听说你要来，就赶紧结婚了。没来得及告诉你。哦，哦！你大老远赶过来，却白跑一趟。哦！哦，对了，你还那么慷慨！"他突然严肃起来，说道："请原谅。我太粗鲁了。我简直就是个农民，而且我——"这时他瞧见菲利普脸上的神情，再也憋不住了。他喘了口粗气，放声大笑，举起双手用指头塞住嘴巴，又吐出手指狂笑起来，还漫无目标地推了菲利普一把，推得他摔倒在床上。吉诺惊惶地"哦"了一声，不再笑了，沿着走廊狂奔而去，像个小孩子似的尖声大叫，要把笑话说给老婆听。

菲利普给自己找借口说这下伤得很严重，在床上躺了一会儿。他气得几乎看不清路，在走廊里和阿博特小姐撞了个正着，阿博特小姐立刻哭了起来。

"我去环球旅馆过夜，"菲利普跟她说，"明天一早就动身，回索斯顿。他对我动武了。我完全可以起诉他，但我不会这么做。"

"我不能待在这儿了，"阿博特小姐抽抽搭搭地说，"我不敢待在这儿了。你得带我一起走！"

第三章

　　蒙特里亚诺城外正对沃尔泰拉门的地方，有一堵非常像样的泥巴墙，墙面刷着白灰，压顶铺了一层波浪形的红瓦片，以防它崩塌。要不是墙中间有个大洞，每下一次暴雨洞还会变得更大，别人也许会以为这儿是哪位绅士家的花园。透过大洞，首先能看到一道铁门，那是为了把洞口挡住；然后是一片方方正正的地面，不完全是泥地，也不完全是草地；最后是另一堵墙，这墙是石砌的，中间开了一道木门，两边各有一扇木头百叶窗，看样子应该是一座平房的正面。

　　房子比看上去的要大，屋后依着山坡向下又盖了两层，那扇常年上锁的木门其实是通向阁楼的。熟悉这里的人总喜欢沿着泥巴墙边一条陡峭的羊肠小道走过来，绕到这座大厦的后面。然后他就能站在与地窖平齐的地方，抬起头来喊话。从喊声判断，如果东西比较轻——比方说是一封信、几样蔬菜或一束花，二楼的窗口会用细绳放下一只篮子，来者就可以把东西放进去，转身走人。如果听上去东西很重——一根木头，一大块肉，或是一位访客，来者就会被盘问一番，然后获准登堂入室，或是被拒之门外。这座房子破败不堪，底楼和顶楼都空荡荡的，困居其中的人们只待在中间一层，就好比在一具行将就木的躯体之中，所有的生命力都会退守到心脏部位。第一道楼梯的上头有一扇门，获准入内者在门口受到的接待倒未必很冷淡。屋里有几个房间，有的黑洞洞的，大部分都闷不透风。会客室里配有马鬃填塞的椅子，绒绣的搁脚凳，还有一座从来不生火的炉子——这个房间处处透着德国式的庸俗品位，却没有德国式的居家气氛。还有一个起居室，但凡少了款待客人时端出的文雅做派，它就会在不知不觉间变成卧室；然后才是真正的几间卧室。最后还有个不可谓不重要的地方——凉廊。只要你愿意，大可以从早到晚都待在这儿，喝点苦艾酒，抽抽香烟，外头还有一片片橄榄树、葡萄园和青翠的群山守望着你。

　　莉莉娅短暂而无可避免的婚姻悲剧，就发生在这座房子里。她让吉诺为她买下了房子，因为她是在这儿第一次看见吉诺的，当时他正坐在面对沃尔泰拉门的泥巴墙上。她记得，那时候夕阳是怎样照耀着吉诺的头发，他又是怎样低下头冲着她微笑。莉莉娅不光感情用事，还俗气得很，她打定主意要把这个男人和这个地方一并拿下。意大利的物价对于意大利人来说算是便宜的，虽说吉诺更愿意买广场那边的房子，能买在锡耶纳更好，要是能买在来杭①就最好不过，但他还是照着莉莉娅的吩咐办了。他觉得莉莉娅挑中了这么僻静的一处住所，她的品位或许很不错。

　　房子对他们俩来说太大了，吉诺的亲戚便常常过来聚上一聚，把房子塞得满满当当。他的父亲希望把这房子变成家长制的领地，全家人都住过来，还要一块儿吃饭。他父亲非常愿意放弃在波吉邦西新开的诊所，搬过来主持大局。吉诺也很愿意这样，他是个感情丰富的小伙子，本来就喜欢热闹的大家庭。他把这个情况当成好消息告诉了莉莉娅，结果莉莉娅听了大惊失色，丝毫都没有掩饰。

　　他顿时也惊慌起来，发现这个想法实在可怕。他当着莉莉娅的面骂自己不该提出这样的建议，又跑去告诉父亲这事根本行不通。他父亲抱怨了一通，说他发了财便忘了本，变得冷漠无情，铁石心肠；他母亲哭了起来；两个妹妹责怪他断了她们提高社会地位的机会。吉诺一个劲赔礼道歉，都打躬作揖了，最后他们把怒气转向了莉莉娅。这一下他也急了，说他们不可能理解身为他妻子的这位英国淑女，更不可能跟她和睦相处；他还说，那个家里只能有一个主人——就是他自己。

　　他回到家里，莉莉娅又是夸赞又是亲昵，夸他很勇敢，是个英雄，还说了许多诸如此类的甜言蜜语。但后来吉诺的家人离开蒙特里亚诺的时候，他的情绪相当低落。那一家子走得气宇轩昂——虽说收

────────────

① 来杭（Leghorn），意大利西岸港口城市里窝那的旧称。

下了一张支票，气势也没有削弱半分。他们拿着支票并没有去波吉邦西，而是去了恩波利——那座小镇在二十英里开外，尘土飞扬，热闹得很。一家人舒舒服服地在那儿安顿下来，两个妹妹则说他们是被吉诺轰过去的。

当然，那张支票是莉莉娅给的。她非常慷慨大方，也很愿意跟别人打交道，前提是别跟他们生活在一起。她最受不了的就是婆婆人。她最爱干的事，就是找到那些没什么出息还八竿子打不着的亲戚（这样的亲戚倒是有几个），摆一摆乐善好施的太太做派，搞得人家莫名其妙，往往还心生不满。吉诺弄不明白，他的亲戚以前看起来都那么和蔼可亲，怎么突然就变得牢骚满腹、令人生厌。最后他把这归结为他的夫人太出色，跟她一比，一切都会显得粗鄙寻常。虽说生活所费不多，莉莉娅的钱还是花得飞快。她比吉诺估计的还要有钱。他想起自己曾后悔没收下菲利普·赫里顿为交换她开出的一千里拉，不禁感到羞愧。要是真做成了那笔交易，未免目光太短浅了。

莉莉娅在这座房子里安顿下来，日子过得很惬意。她整天无事可做，只需要对面带微笑的用人发号施令，还有一位忠诚的丈夫给她当翻译。她得意扬扬地写信向赫里顿夫人报告自己的幸福生活，结果哈丽雅特在回信中说：第一，今后所有的联系都必须通过律师；第二，莉莉娅能否归还哈丽雅特借给她装手帕和领子的一只嵌花木匣？那是借的，不是送的。

"瞧瞧，我为了跟你一起生活，付出了多大的牺牲！"莉莉娅对吉诺说，她向来都喜欢强调自己嫁给他是屈尊俯就。吉诺还以为她指的是嵌花木匣，便说那东西她根本用不着归还。

"傻瓜，才不是呢！我指的是生活。赫里顿那一家人的社会关系非常厉害。他们在索斯顿社交界是领军人物。可我才不在乎那些呢，我只要有我的小傻瓜就行啦！"她总是把吉诺当成小孩子，这倒是没错；还把他当成傻瓜，然而他并不傻。莉莉娅自以为她比起吉诺不知道要优越多少，一次又一次地错过了在家中树立统治地位的机会。吉诺长得好看，又生性懒惰，因此肯定是个傻瓜。他很穷，因此永远都不会有胆量批评他的女财主。他狂热地爱着她，因此她可以想怎么干就怎么干。

"也许这算不上人间天堂，"莉莉娅心想，"但总比嫁给查尔斯的时候好。"

与此同时，这个小孩子却一直在观察着她，也在渐渐长大。

律师寄来了一封令人不快的信，让莉莉娅想起了查尔斯。信中要求她按照亡夫的遗嘱，吐出一大笔钱来给艾尔玛。为防止妻子再婚预先留了一手，这恰恰是查尔斯生性多疑的写照。吉诺也和莉莉娅一样愤愤不平，两个人煞费苦心，共同写了一封措辞激烈的回信，却完全没有效果。后来吉诺又说，最好让艾尔玛离开英国，过来跟他们一起生活。"这儿空气好，吃的东西也好。她在这儿会很开心的，我们也不用把钱送出去。"但这个主意莉莉娅连提都不敢跟赫里顿一家提。她一想到艾尔玛或是不论哪个英国孩子要在蒙特里亚诺接受教育，便突如其来地心生恐惧。

律师的信让吉诺变得非常沮丧，莉莉娅都觉得他大可不必如此。家里没什么事情好做，他整天都待在凉廊上，要么倚着矮墙，要么闷闷不乐地骑在墙头。

"唉，你这个无所事事的孩子！"她拧着他身上的肉叫道，"玩帕洛内球去。"

"我是个已婚男人，"他回答说，头都没抬，"我以后都不玩球赛了。"

"那就去会会朋友。"

"我现在没有朋友。"

"傻瓜，傻瓜，傻瓜！你不能整天闷在家里啊！"

"除了你，我谁都不想见。"他朝橄榄树上吐了口痰。

"好了，吉诺，别犯傻了。去会会你的朋友，然后带他们来见我。我们俩都喜欢社交。"

吉诺一脸困惑，但还是听从她的劝告，出了门。他发现，他并不像自己以为的那样一个朋友都没有，几个小时之后回到家里，心情也大不相同了。莉莉娅暗暗赞叹自己治家有方。

"现在我也准备见见人了，"她说，"我要把你们都唤醒，就像以前我唤醒索斯顿一样。咱们要邀请许多男宾——让他们把女眷也带来。我打算举办正宗的英国式茶会。"

"我倒是有个姨妈和姨夫，可我以为你不愿意接待我们家的亲戚。"

"我从来没说过这种——"

"不过你这么想也是对的，"吉诺认真地说，"他们跟你合不来。他们大多是做生意的，我们家自己也强不了多少。你应该跟上流人物和贵族交朋友。"

"可怜的家伙，"莉莉娅心想，"他发现自己的家人原来很粗俗，肯定够难受的。"于是她对他说，她爱的就是他这么个傻乎乎的人。吉诺脸红了，揪起了自己的小胡子。

"不过，除了你的亲戚，我总得邀请些别的人到家里来。你的朋友都有妻子和姐妹的，对吧？"

"对啊。可我又不怎么认识她们。"

"你不认识朋友的家人？"

"是啊，不认识。如果她们很穷，得出来干活养家糊口，我说不定还能见到她们——要不然根本见不着。除了——"他顿住了。主要的例外情况，是他经人介绍认识的一位年轻女士，本打算谈婚论嫁的，但后来由于嫁妆不够充足，也就断了来往。

"太可笑了！不过我打算改变这一切。带你的朋友来见我，我再让他们把家人带来。"

吉诺无可奈何地望着她。

"对了，这儿的头面人物是谁？谁在社交界领头？"

他说可能是监狱长，还有监狱长手下的狱警。

"嗯，那他们结婚了吗？"

"结婚了。"

"这不就得了。你认识他们吧？"

"认识——算认识吧。"

"我明白了，"她恼怒地嚷了起来，"他们瞧不起你，是不是，可怜的孩子？等着瞧！"他表示同意。"等着瞧！我马上就要改变这种状况。好了，还有些什么人？"

"有时候领头的还有侯爵，还有大教堂的教士。"

"他们结婚了吗？"

"教士嘛——"他说着眨起了眼睛。

"哦，我忘记了你们这儿的教士得守身，真可怕。换作在英国，教士可是方方面面的核心人物。但我怎么就不能认识他们呢？如果我把所有人都拜访一遍，会不会更方便一些？你们外国人是不是有这个习惯？"

他觉得这样并不会更方便。

"但我总得认识几个人啊！今天下午跟你说话的都是些什么人？"

下等人。他连他们的名字都想不起来。

"可是，亲爱的吉诺，既然他们是下等人，你干吗要跟他们说话呢？你难道不在乎自己的身份吗？"

目前吉诺在乎的只有两样：整天没事干，兜里有钱花。他表达这种想法的方式便是一阵大呼小叫："啧——啧！屋里太热了。不透气，我浑身都是汗。快憋死了。我得凉快凉快，不然肯定睡不着。"他摆出一贯的滑稽架势，冒冒失失地跑到了外面的凉廊上，整个人往矮墙上一躺，开始在寂静的星空下抽烟、吐痰。

莉莉娅从这番谈话中大致得出了判断，欧洲大陆的社交界并不像她认为的那样可以随心所欲。其实，她连欧洲大陆的社交界在哪里都看不出来。如果你恰好身为男人，那么意大利就是乐趣无穷的生活之地。在这里，你能享受到高雅而奢侈的社会主义——真正的社会主义，其基础并非收入或身份层面的平等，而是行为举止上的平等。在咖啡馆或街头的民主氛围之中，我们生活中的重大难题得到了解决，男人之间兄弟般的关系成为了现实。但这是以牺牲女人之间姐妹般的关系为代价的。在剧院里或者是火车上，跟你的邻座交个朋友有何不可？你知道，他也知道，女性的批评、见识与反感永远都不会成为你们之间的障碍。即便你们成了莫逆之交，你永远都不需要走进他的家门，他也是一样。你们一辈子都可以在露天见面，那是南方唯一的屋顶。在这个屋顶下，他可以吐痰、骂人，你说话的时候发音也用不着那么规矩，谁都不会因此看轻对方。

与此同时，女人——当然啦，她们有自己的家，有教堂，教堂里经常会举行令人赞叹的宗教仪式，她们由女用人陪着去参加。除此之外，她们就不怎么出门了，因为步行有失体面，她们又穷得用不起马车。偶尔你也带她们去咖啡馆或剧院，这时你平日的朋友都会立刻弃你而去，只有几个希望跟你结亲或是你希望结亲的人除外。这确实很令人难过，不过有一点倒是能带来安慰——如果你是个男人，意大利的生活将会非常惬意。

迄今为止，吉诺从来没干预过莉莉娅的事情。她年纪比他大得多，也富有得多，所以他觉得她高人一等，遵循的是另一套规矩。对此他并不十分惊讶，因为从阿尔卑斯山的另一边总会传来一些奇怪的流言，说某些地方的男人和女人竟然有着同样的娱乐方式和兴趣爱好。他以前也经常碰到那位热衷搞特殊化的女游客在独自散步。莉莉娅也独自散步，只不过就在那个星期，有个流浪汉抢走了她的挂表——按说这种事情在意大利是司空见惯的，但在这座小城里其实并没有伦敦邦德街上那么频繁。如今他已经更了解她了，也就不可避免地失去了对她的敬畏，任何人跟她一起生活都不可能永葆敬畏之心，更何况她还愚蠢地丢掉了一只带链子的金表。他躺在矮墙上思前想后，第一次意识到了婚姻生活的责任。他必须保护她，让她在身体和社交两方面不致受到伤害。"至于我，"他心想，"虽然年轻，毕竟是个男人，知道怎么做才对。"

他发现她还待在起居室，正在梳头发。她生来就有点儿不修边幅，而且在家里也没必要刻意梳妆打扮。

"你不能一个人出门，"他柔声说，"不安全。要是你想散步，佩尔菲塔会陪着你。"佩尔菲塔是一位守寡的表姐，为人非常谦卑，对社会地位没有丝毫抱负。她跟他们住在一起，总管家务。

"好呀。"莉莉娅笑嘻嘻地说，"好呀"——就像在跟一只焦虑不安的小猫说话。虽然如此，直到去世的那一天她都没再独自出门散步，只有一次例外。

日子一天天过去，除了穷亲戚，再没别人登门拜访。她开始觉得无聊了。吉诺难道连市长或是银行的经理都不认识？就算是意大利之星旅馆的老板娘来做客，也比什么人都没有强。莉莉娅进城的时候，大家倒是都热情相待，但通常人们总会觉得，很难跟一个不会说他们语言的女人相处。至于她期盼的那场茶会，在吉诺的巧妙运作之下也变得越来越遥遥无期。

莉莉娅过得是否幸福，这让吉诺非常担心，因为她在家里根本安定不下来。不过，有一位令人愉快的朋友不请自来，让他如释重负。那天下午他去取信——信件会送上门，不过到邮局自取能多花点时间——有人恶作剧地用一件斗篷罩住了他的脑袋。他挣脱开来一看，原来是在瑞士基亚索海关工作的好朋友斯皮里迪奥尼·泰西，他们都两年没见了。多么高兴啊！多么热情的问候！路过的人看到这番亲切的情景，都露出了赞许的微笑。斯皮里迪奥尼的哥哥现在是博洛尼亚火车站的站长，所以他放了假就可以在意大利各地公费旅游。他听说吉诺结婚了，便在去锡耶纳的途中顺道来拜访。斯皮里迪奥尼的叔叔住在锡耶纳，最近也刚结婚。

"大家都结婚了，"他感叹道，"只有我还单身。"他还不到二十三岁。"你再跟我说说。她是英国人。这很好，非常好。找个英国老婆真的非常好。她挺有钱吧？"

"有钱得很。"

"金发还是黑发？"

"金发。"

"不可能吧！"

"这一点让我非常开心，"吉诺干脆地答道，"你记得吧，我总想找个金发女郎。"三四个男人凑了过来，听他们说话。

"谁不想找啊，"斯皮里迪奥尼说，"但只有你吉诺才配得上这样的好运气。你是个好儿子，勇敢的男子汉，忠诚的朋友。自从我见到你的那一刻起，我就希望你交好运。"

"拜托，可别再夸我了。"吉诺交叉起双手贴在胸前，脸上露出了愉快的微笑。

斯皮里迪奥尼对那几个从没见过的男人说："我说得不对吗？他难道配不上这位富有的金发女郎吗？"

"当然配得上。"那几个人同声说道。

这是一片神奇的土地，你要么就爱它，要么就恨它。

邮局里没有信。很自然，他们在大教堂旁边的加里波第咖啡馆坐了下来。在这样的一座小城里，这家咖啡馆算是非常不错了。桌面是大理石做的；立柱的下端是赤陶的，顶部镶了金；天花板上有一幅索尔费里诺战役 ① 的壁画。到哪儿也找不到这么漂亮、这么令人满意的房间。他们喝了苦艾酒，吃了撒着糖霜的小蛋糕——蛋糕是他们在柜台前认真挑选出来的，还上手捏了捏，看看是否新鲜。虽说苦艾酒几乎不含什么酒精，斯皮里迪奥尼还是往他那杯里面兑了许多苏打水，免得酒气上头。

他们兴致很高，一会儿煞费苦心地相互恭维，一会儿又无伤大雅地嬉笑打闹。但没过多久，他们就把腿跷在两只椅子上，抽起烟来。

"告诉我，"斯皮里迪奥尼说，"我都忘记问了——她年轻么？"

"三十三岁。"

"啊，这个嘛，咱们总不可能事事称心如意。"

"不过你见到她会惊讶的。她要是跟我说只有二十八岁，我也不会不相信。"

"她算不算'simpatica'？"（这个词儿没法翻译成英语。②）

吉诺轻轻敲了敲糖块，沉默片刻才说："还可以吧。"

---

① 1859 年意大利第二次独立战争期间的一场重要战役，也是意大利复兴运动的关键一步。
② 此处为原书注释。意大利语中的"simpatica/ simpatico"一词意为"有亲和力、讨人喜欢"。

"这一点是最重要的。"

"她有钱，大方，对人友善，跟下等人讲话的时候也不带傲气。"

又是一阵沉默。"这不算还可以，"对方说，"这个词不是这么定义的。"斯皮里迪奥尼压低了声音："上个月有个德国人走私雪茄。海关当时光线很暗。但我还是拒绝了，因为我不喜欢他。那种人送的礼不会带来幸福。Non era simpatico.[1] 他为走私的每一根雪茄付了钱，还因为欺骗海关交了罚金。"

"你工资以外的收入是不是很多啊？"吉诺问道，他一时有点分心。

"我现在不收小的数目。不值得冒那个险。不过那个德国人是另外一回事。听我的，吉诺，我比你年纪大，经验也更丰富。有的人初次见面就能理解我们，从来不会让我们生气、让我们厌烦。面对这样的人，我们可以倾吐心中所有的想法和愿望，还不仅仅是言传，甚至可以意会——我说的'simpatico'就是这个意思。"

"的确有这样的男人，我知道，"吉诺说，"我听说有人也这么形容小孩子。可是你上哪儿才能找到这样的女人呢？"

"确实如此。在这方面你比我更有智慧。Sonopoco simpatiche le donne.[2] 为了她们，我们浪费了太多时间。"他悲伤地叹了口气，仿佛发觉身为高贵的男性是一种负担。

"我见过的一个女人可能是这样的。她说话很少，但她是一位年轻女士——大多数话少的女人都不年轻。她也是英国人，是我妻子在这儿的旅伴。不过菲利普兄弟，也就是我的小舅子，把她带回去了。我看到他们动身了。菲利普非常生气。"

然后他说起了那场令人激动的秘密婚礼，两个人取笑了一番菲利普，这个倒霉家伙跨过欧洲大陆想阻止吉诺结婚。

"不过我有点后悔，"他们笑过之后吉诺说道，"当时不该推得他

---

[1] 意大利语："他没有亲和力。"
[2] 意大利语："女人不是很有亲和力。"

摔倒在床上。他是个大高个！我一高兴起来就有点出格。"

"你以后再也见不着他了，"斯皮里迪奥尼说，他向来很有哲理，"而且事到如今，他早就忘记了当时的情景。"

"有时候这种事情反而是最难忘的。我肯定是再也见不着他了；不过他如果总咒我倒霉，这对我可没有任何好处。而且就算他忘记了，我还是觉得过意不去，不该推得他摔倒在床上。"

他们接着往下聊，说的话一会儿透着孩子气和小聪明，一会儿又粗俗得丢人现眼。赤陶立柱的影子渐渐拉长，对面公共大厦里来去匆匆的游客，可以藉此观察意大利人是如何浪费时间的。

看到游客，吉诺想起了他要说的一件事。"你对我的事情这么关心，我想请教个问题。我妻子独自出门散步。"

斯皮里迪奥尼大吃一惊。

"不过我没答应。"

"那是自然。"

"她还是没搞懂。有时候她让我陪她一起——一起去漫无目的地散步！你知道，她希望我整天都待在她身边。"

"我明白了。明白了。"斯皮里迪奥尼蹙起眉毛，思忖着怎样才能帮助他的朋友。"得找点事情给她做。她是天主教徒吗？"

"不是。"

"可惜啊。一定要劝她信教。独自一人的时候，宗教对她来说会是个极大的安慰。"

"我是天主教徒，但从来不去教堂。"

"那地方有什么好去的。不过，你一开始可以带着她去。我哥哥在博洛尼亚对他老婆就是这么干的，他加入了'自由思想家'协会。他带着她去过一两回，现在她已经形成习惯，不用他陪就自己去了。"

"这个建议太棒了，谢谢你。可她还想办茶会——把她从没见过的男男女女召集到一起。"

"哦，英国人！他们成天都想着茶叶。他们会往旅行箱里塞好几公斤茶叶，还笨得很，总是把茶叶摆在最顶上。办茶会也太荒唐了！"

"我该怎么做呢？"

"什么都别做。或者邀请我去！"

"好啊！"吉诺蹦起来喊道，"她会非常高兴的。"

这位英俊的小伙子满脸通红。"别啊，我只是开个玩笑。"

"我知道。可是她想让我带朋友回家。快走！服务员！"

"我要是去你家，"对方喊道，"跟你们喝茶，咖啡的账单就必须由我来付。"

"绝对不行。你可是在我的地盘上！"

漫长的争论就此开始，服务员也加入进来，提出了各种解决方案。最终吉诺获得了胜利。账单算出来是八个半便士，再加上给服务员的半个便士小费，总计九便士。接下来，一方滔滔不绝地表达谢意，另一方则反复强调这不值一提。这番客套正热火朝天的时候，两个人突然挽起胳膊，摇摇晃晃地来到街上，一边走一边用喝柠檬水的吸管互相挠痒痒。

莉莉娅见了他们非常开心，吉诺好久都没看到她这么兴致勃勃了。茶水的味道如同剁碎的干草，两位男士请求女主人允许他们用红酒杯喝茶，也没让她往茶里加牛奶，不过莉莉娅一再表示这种喝法也差不多。斯皮里迪奥尼的举止非常讨人喜欢。彼此介绍的时候他吻了莉莉娅的手；由于工作的关系，他也会说一点英语，因此谈话没有冷场。

"你喜欢音乐吗？"她问。

"我热爱音乐，"他答道，"我没有学过系统的音乐，但发自心灵的音乐，我很喜欢。"

于是，她在嗡嗡作响的钢琴上弹奏起来，弹得糟糕透顶；斯皮里迪奥尼纵声歌唱，唱得倒不算很赖。吉诺拿出吉他坐到屋外的凉廊上，也唱起歌来。这是一次非常令人愉快的来访。

吉诺说，他把朋友送到住处就回来。两个人走在路上，他以不带丝毫恶意和讥讽的语气说道："我认为你说得很对。我以后再也不带别人去家里了。我觉得没有理由对英国妻子区别对待。这儿可是意大利啊。"

"你很明智，"对方赞叹道，"确实很明智。拥有的东西越珍贵，就越要悉心保护。"

他们到了斯皮里迪奥尼的住处，又继续往前走，一直走到加里波第咖啡馆，在那儿消磨了一个漫长而最为愉快的夜晚。

第四章

　　后悔这种情绪可能发展得非常缓慢，慢得让人没法说"昨天我还幸福，今天就不幸福了"。莉莉娅并没有在某个时刻突然意识到她的婚姻是失败的，但整个夏天和秋天她都变得郁郁不乐，这完全不符合她的性格。丈夫从没虐待过她，也没说过什么刻薄的话。他只是对她不闻不问罢了。早晨他出门去"干活"，据她了解到的情况，所谓"干活"就是在药房里坐着。他一般都回家吃中饭，饭后便去另一个房间睡午觉。到了傍晚他又精神起来，登上城墙透透气，经常到外面吃晚饭，几乎每次都要搞到半夜甚至更晚才回家。当然啦，有些时候他还会去外地——恩波利、锡耶纳、佛罗伦萨、博洛尼亚，因为他很喜欢旅行，而且到了哪儿好像都能交到朋友。莉莉娅常常听人说起他多么受欢迎。

　　莉莉娅开始意识到必须树立自己的威信，但她不知道该怎么做。她的自信心曾经把菲利普打得一败涂地，如今却渐渐消失无踪。如果她走出这座陌生的屋子，外面还有个陌生的小城。如果她违背丈夫的叮嘱去乡村散步，那儿的景象就更陌生了——山坡上是大片大片的橄榄树和葡萄园，其间有白垩色的农庄；远处又是一重重的山坡，山坡上还是大片大片的橄榄树、一座座农庄，晴朗无云的天空衬托出了其他小城的轮廓。"我觉得这根本不叫乡村，"她会说，"哎呀，要说野趣，还不如索斯顿公园！"的确，这儿几乎没有一丝一毫荒野的感觉——有些山坡都已经耕种了两千年。尽管如此，乡村还是显得可怕而又神秘。始终存在的这种景象让莉莉娅觉得很不舒服，她忘记了自己的天性，开始思索了。

　　她思索的主要是自己的婚姻。婚礼办得匆匆忙忙，花了许多钱，那些不知道是什么名堂的仪式也和英国教堂的仪式不一样。莉莉娅并不信教，但她常常会一连几个小时陷入老百姓的那种恐惧之中，担心自己的婚姻"不合规矩",担心她在来世的社会地位会跟现在一样卑微。把事情做得周到一些也许比较安全,于是有一天她听从斯皮里迪奥尼的建议,加入了罗马天主教会,或者按照她的叫法,是"圣德奥达塔教会"。吉诺赞成她入教,他也觉得这样比较安全。而且去忏悔还挺好玩的,不过神父是个愚蠢的老头子。对国内的那些人来说,整件事就是一记响亮的耳光。

国内的人非常冷静地接受了这记耳光。其实,能挨到莉莉娅耳光的人也没剩下几个了。赫里顿一家根本不在此列,他们甚至不准她给艾尔玛写信,不过偶尔还允许艾尔玛写信给她。西奥博尔德夫人衰老得很快,难得有态度明确的时候,偶尔表个态也明确地站在赫里顿一家那边。阿博特小姐也是一样。每天晚上莉莉娅都会诅咒这位虚情假意的朋友,当初她附和自己说这桩婚事"能行",还说赫里顿一家迟早会回心转意;然而,刚听到一点点反对的风声她就心慌意乱,连哭带叫地逃回了英国。莉莉娅打算永不通信、永不原谅的人有一长串,阿博特小姐名列第一。不在这个名单上的人恐怕只有金克罗夫特先生一位,他出人意料地寄来了一封情意缠绵的信,殷殷询问她的情况。金克罗夫特先生肯定是不会跨过英吉利海峡的,莉莉娅在回信中便天马行空地写了一通。

起初她也见了几个英国人,蒙特里亚诺毕竟不是世界尽头。有一两位爱刨根问底的女士在国内听说过她和赫里顿一家的纷争,便前来拜访。莉莉娅表现得非常活泼,她们觉得她很有些特立独行,吉诺又是个迷人的小伙子,所以一切应该都还不错。但到了五月,本来也不过尔尔的旅游旺季便结束了,第二年春天之前都不会再有人来。正如赫里顿夫人经常说的,莉莉娅没什么能耐。她不喜欢音乐,不喜欢看书,也不喜欢干活。她生活中唯一的特长就是精力旺盛,还是特别闹腾的那种,而且会视情况不同变为怨天尤人或是吵吵闹闹。她并不恭顺,却有点怯懦;而吉诺凭着连赫里顿夫人都会羡慕的平和手段,让莉莉娅言听计从。一开始,让他占占上风还挺好玩的。但后来莉莉娅发现他不占上风就不行,便觉得很烦恼。吉诺一旦下了决心,意志可是非常坚定的，还会毫不顾忌地用插门上锁来付诸实施。他的内心深处隐藏着残忍无情的一面，有一天莉莉娅差点就见识到了。

还是独自出门的老问题。

"我在英国总一个人出去。"

"这儿是意大利。"

"是啊，但我年纪比你大，我能适应的。"

"我是你的丈夫。"吉诺笑眯眯地说。他们已经吃完午饭，他想去睡觉了。这时候什么事都引不起他的兴趣，直到越来越生气的莉莉娅说了一句："钱在我手里。"

他看起来吓坏了。

现在正是她树立威信的良机。她把这句话又说了一遍。他从椅子上站了起来。

"而且你最好注意点态度，"莉莉娅接着说道，"否则我不开支票，你可就麻烦了！"

她并不擅长察言观色，此刻却很快慌张起来。事后她跟佩尔菲塔说，"他的衣服好像都不合身了——这个地方显得太大，那个地方又太小。"他的脸没怎么变样，整个身体却走了形，两个肩膀向前耸着，后背上的衣服都皱了起来，袖口直缩到手腕上方，一副张牙舞爪的模样。他绕过桌子，慢慢地朝她坐的地方走来。她跳起身，扶着椅子挡在两人之间，吓得不敢说话也不敢动弹。他圆睁双眼，毫无表情地盯着她，然后慢慢伸出了左手。

外面传来了佩尔菲塔从厨房上楼的声音。这似乎让吉诺清醒了，他转过身，一言不发地去了自己的房间。

"这是怎么回事？"莉莉娅喊道，她几乎吓昏了。"他病了——病了。"

佩尔菲塔听莉莉娅讲了经过，面露疑色。"你跟他说什么了？"她在胸前划了个十字。

"什么也没说啊。"莉莉娅说着也在自己胸前划了个十字。两个女人就这样对她们愤怒的男主人表示了敬意。

莉莉娅终于明白了，吉诺是为钱才娶的她。但他把她吓坏了，吓得她几乎生不出轻蔑之心。吉诺回来找她的时候样子很可怕，因为他自己也吓得够呛。他哀求她原谅，匍匐在她脚下，搂住她的腿喃喃地说"我失态了"，拼命解释着他自己都没弄明白的事情。他在家里接连三天闭门不出，差点因为体力不支病倒。虽然吃了一番苦头，他却借此驯服了莉莉娅，从此以后她再没威胁过要切断经济支持。

吉诺对她的管束，也许比约定俗成的要求更为严苛。可是他太年轻，受不了别人说他不知道怎么对付女人——不知道怎么管教老婆。何况，他自己的社会地位并不明确。即便在英国，牙科医生也是个挺麻烦的人物，谨慎的人会觉得很难给他归类。他的定位徘徊在专业人士和贩夫走卒之间，也许仅次于医生，也许跟药剂师一样低下，说不定连药剂师都不如。意大利牙医的儿子也感受到了这一点。对他本人来说什么都无所谓，他爱跟谁交朋友就跟谁交朋友，因为他是那种永远值得称颂的人物——男子汉。至于他的妻子，与其到处乱窜，还不如哪儿都别去；与世隔绝既体面，又安全。欧洲北方和南方的社交理念进行了一场短暂的交锋，这次是南方胜出。

如果他对自己的行为也像对莉莉娅一样从严要求，那倒也很好。然而，他从没想到过标准不一的问题。他的道德标准就是普通拉丁人的道德标准，现在突然被架到了绅士的位置上，他觉得没有理由不照着绅士的样子行事。当然了，如果莉莉娅不像她现在这样——如果她能够树立起威信，又摸准了他的性格——他倒是有可能（不过也说不准）成为一个更尽责的丈夫、更像样的男人。不管怎么说，他总归有可能学会英国男人的做派，英国男人即便在行动上并无二致，道德标准毕竟要更高一些。但如果莉莉娅不像她现在这样，她也就不会跟吉诺结婚了。

她无意间发现了吉诺的不忠行为，这摧毁了她生活中仅存的最后一丝自我满足。她彻底崩溃了，在佩尔菲塔怀里痛哭流涕。佩尔菲塔心地善良，很同情她的遭遇，但告诫她千万不要对吉诺提起这回事，他要是知道自己受到怀疑肯定会大发雷霆。莉莉娅同意了，一来她害怕吉诺，二来不管怎么说，这种做法最明智，最不失体面。她为了他放弃了一切——女儿，亲戚，朋友，还有文明生活里种种小小的安逸和享受——即便她有勇气跟吉诺决裂，现在也没有谁能接纳她。赫里顿一家简直是穷凶极恶地跟她作对，她的那些朋友也一个个弃她而去。因此，她还不如继续低声下气地过日子，尽量别多愁善感，强打起精神去挽回局面。"也许，"她心想，"也许我生个孩子他就会不一样了。我知道他想要个儿子。"

莉莉娅身不由己地变成了凄婉的悲情人物，在某些情况下，粗俗与否已无关紧要。考狄利娅①和伊摩琴②都没有她这么催人泪下。

她经常哭，模样变得又难看又老气，丈夫瞧在眼里很是苦恼。吉诺不怎么见到她的时候，便对她特别和善，她也毫无怨恨地接受了他的善意，甚至心怀感激。她已经变得那么温顺。她并不恨他，正如她从来没爱过他。对她来说，只有在特别激动的时候，心中才会涌起某种类似于爱或恨的情绪。别人都说她性子执拗，其实她恰恰是因为意志薄弱才受到冷落。

然而，痛苦和性情并没有多少关系。哪怕是最聪慧的女人，都不可能比莉莉娅更加痛苦了。

至于吉诺，他仍旧和以前一样孩子气，对自己的种种劣迹满不在乎。他最爱说的话是："啊，人真应该结婚！斯皮里迪奥尼说得不对，我一定要劝劝他。只有结了婚，才能体会到生活的各种乐趣和潜在价值。"这么说着，他会脱下毡帽用手一弹（他每次都能弹在恰到好处的位置上，就像德国人每次都弹得不是地方一样），然后便离她而去。

一天傍晚，他又像这样出了门，莉莉娅再也无法忍受了。当时是九月，正值索斯顿暑期过后渐渐热闹起来的时候。沿路的家家户户都忙着互相串门，还会举行自行车比赛；到了九月三十号，赫里顿夫人会在她家的园子里为教堂传道协会举办一年一度的义卖活动。真不敢

---

① 莎士比亚剧作《李尔王》中李尔王的小女儿，为人正直、善良，最终却悲惨死去。
② 莎士比亚剧作《辛白林》中的女主人公，曾被父亲和丈夫错怪。

相信世上竟会有如此无拘无束、幸福快乐的生活。她走到了外面的凉廊上。淡紫色的夜空中月光皎洁，群星闪烁。在这样的夜晚，蒙特里亚诺的城墙应该分外好看。但这所房子却背对着它。

佩尔菲塔在厨房里叮叮咣咣地忙活，要下楼得从厨房门口经过。可是通往阁楼的楼梯——从来没人走过——就在起居室外面。只要打开阁楼的门锁，就可以溜到屋顶那片方方正正的平地上，在外头自由自在、安安静静地走上十分钟。

钥匙装在吉诺最好的那件西服的口袋里，就是那件英国式的格子西服，他从来都不穿。楼梯咯吱咯吱作响，锁孔里发出刺耳的声音，不过佩尔菲塔的耳朵越来越不好使了。城墙确实很漂亮，但方向朝西，所以处在阴影之中。要看到亮光下的城墙，她就得绕着小城走一段路，这样才能看到初升的月光照耀在城墙上。她不安地看了看屋子，便出发了。

走起来很轻松，城墙的外侧环绕着一条小路。路上碰到的几个人彬彬有礼地祝她晚安，他们看到她没戴帽子，还以为她是个农妇。她顺着弧形的城墙朝月亮的方向走去，很快就来到了月光下，只见那些粗砺的塔楼都变成了一根根银色和黑色的柱子，城墙犹如珍珠砌成的悬崖。她并没有什么高雅的审美品位，感情却很丰富，见到这番景象忍不住哭了起来。就是在这个地方，环绕小城、千篇一律的橄榄树丛中有一棵大柏树兀然独立，三月的一天下午，她和吉诺坐在一起，头靠在他的肩膀上，卡罗琳边看着风景边画素描。绕过拐角处是锡耶纳门，通往英国的路就从那儿开始。她能听到公共马车在辘辘地行驶，那是要去赶开往恩波利的夜班火车。没过多久马车就向她驶来，因为大路先往她这边拐了一点，然后才沿着山坡一路蜿蜒而下。

马车夫放慢了速度，喊她上车。他不知道她是谁，以为她要去火车站。

"不去！①"她喊道。

---

① 原文为意大利语。

他道了声晚安，便驾着马转过拐角。就在马车转弯的时候，她发现里面空无一人。

"去……①"

她的声音直发抖，根本传不远。马车摇摇晃晃地往前走了。

"去！去！②"

车夫唱起歌来，什么都没听见。她沿着路边跑边喊，喊他停下来，她要上车；可是距离越拉越远，马车的声音也越来越大。月光映出了车夫魁梧的、黑乎乎的背影，他只要回一下头，她就能得救。她想抄近路跑到下面的之字形山道上，便冲进了路旁没完没了的橄榄树丛，被大块大块石头一样硬的土坷垃绊得跌跌撞撞。她太晚了：她还没回到路上，马车就已经轰隆隆地飞驰而过，在月光下掀起了一蓬蓬呛人的尘土。

她不再喊叫，只觉得人非常难受，晕了过去。苏醒过来的时候，她发现自己躺在路上，眼睛、嘴巴和耳朵里都是尘土。夜里的尘土让她觉得很可怕。

"我该怎么办啊？"她呻吟着说，"他肯定要气坏了。"

她没再做任何努力，而是慢慢地朝山坡上的那座牢笼走去，边走边抖着身上的衣服。

坏运气始终没放过她。那天晚上吉诺恰好回家了。他在厨房里骂骂咧咧，摔盘砸碟，佩尔菲塔用围裙遮着脑袋嚎啕大哭。吉诺一看见莉莉娅就把矛头转向了她，一连串五花八门的咒骂脱口而出。跟他绕过桌子朝她走去的那一天相比，此时他怒气更甚，却远远没有那么吓人。莉莉娅自知做错了事，反倒比问心无愧的时候平添了几分勇气，听着吉诺破口大骂，她不由得怒从心起，再也不害怕他了。她看明白了，他不过是个冷酷无情、一无是处、虚情假意、放荡不羁的自大狂，便开始反唇相讥。

佩尔菲塔尖叫起来，因为莉莉娅什么都跟他说了——她知道的一

---

①② 原文为意大利语。

切，以及她所有的想法。吉诺张着嘴巴站在那里，满腔的怒火化为乌有，只觉得自己羞愧难当，是个十足的傻瓜。妻子的责骂切中要害，逼得他无路可退。做丈夫的何曾把自己暴露得如此彻底？她说完了；他哑口无言，因为她说的都是事实。接着，天哪！他意识到自己的处境有多么荒唐，不禁放声大笑——就像他看到舞台上同样的情形也会放声大笑一样。

"你还笑？"莉莉娅结结巴巴地说。

"啊！"他喊道，"谁能忍得住呢？我还以为你什么都不知道，什么都没看见——我上当了——我失败了。我投降。咱们别再说这个了。"

他像个好兄弟那样轻轻拍了拍她的肩膀，心里既觉得好笑，又有点懊悔。然后，他自言自语地嘟囔了几句，面带笑意，悄悄溜出了房间。

佩尔菲塔忙不迭地向莉莉娅祝贺。"你太勇敢了！"她大声说，"运气还那么好！他不生气！他原谅你了！"

不管是佩尔菲塔、吉诺，还是莉莉娅本人，谁都不知道后来发生的种种不幸究竟是因为什么。直到最后吉诺都以为，只要对妻子亲切一些，再多点关心，便足以解决一切问题。他的妻子是个普普通通的女人，她的想法凭什么要跟他不一样呢？谁都没有意识到这其中牵扯到的还不仅仅是性格问题，没有意识到这是一种民族性的冲突。一代又一代的祖先，不论他们是好、是坏，还是不好不坏，都不准拉丁男人对北方女人殷勤体贴，也不准北方女人对拉丁男人既往不咎。所有这一切也许都是可以预见的；赫里顿夫人从一开始就预见到了。

与此同时，莉莉娅为自己坚持高标准而感到骄傲，吉诺则怎么也想不通她为什么就不能稍作让步。他讨厌这种难受的处境，渴望得到同情，却不愿在城里提起自己的种种烦恼，生怕别人说这一切都是因为他自己无能。他把情况告诉了斯皮里迪奥尼，对方回了一封很有哲理却没多大帮助的信。他还有一个更信任的好朋友，但那人正在厄立特里亚还是哪个荒凉的海外基地服役。再说，写信又有什么用呢？朋友又不能通过邮局来来去去。

莉莉娅在许多方面和丈夫非常相似，她也渴望舒心适意，渴望同情。遭到他嘲笑的那天夜里，她不管不顾地抓起纸笔，写了一页又一页，分析他的性格，细数他的劣迹，记下整段整段的对话，探究她痛苦的所有根源，描述她如何一步步沦落到这步田地。她激动得无法自持，虽然思绪纷乱，眼睛也看不清楚，写出的文字却突然达到了一种优美动人、凄婉欲绝的境界，连词章老到的作家看了都会羡慕。这篇东西写得像是日记，直到结尾她才意识到是要写给谁的。

"艾尔玛，亲爱的艾尔玛，这封信是给你的。我几乎忘了我还有个女儿。看了信你会难过的，但我想让你知道一切，有些事情你越早弄明白越好。愿上帝保佑你，拯救你，我最亲爱的宝贝。愿上帝保佑你可怜的母亲。"

信寄到索斯顿的时候，幸好赫里顿夫人在家。她一把抓过信，到卧室里拆开了。要是再迟一会儿，艾尔玛平静的童年就会被彻底毁掉。

莉莉娅收到了哈丽雅特回的一封短信，再次禁止母女之间直接通信，末尾写了几句客套话以示安慰。莉莉娅气得差点发疯。

"别激动！别激动！"她的丈夫劝道。信送来的时候，两个人正坐在凉廊上。现在他经常跟她坐在一起，一连几个小时望着她，心里既困惑又不安，却没有丝毫悔悟。

"没什么。"她回到屋里把那封信撕掉，然后开始写信——信短得很，其主旨是"快来救我"。

看到自己的妻子一边写信一边哭，这可不是什么好事——更何况你明明觉得总的来说对她一直都还不错，也挺亲切。你无意中从她身后瞥见她是在给一个男人写信，这样一来情况就更不妙了。她离开房间的时候，也不应该偷偷冲着你挥拳头，以为你正忙着点雪茄烟，瞧不见她。

莉莉娅亲自去了邮局。然而，在意大利许多事情都是可以安排的。邮递员是吉诺的朋友，所以金克罗夫特先生始终没收到这封信。

于是，她放弃了希望，病倒了，整个秋天都卧床不起。吉诺心烦意乱。她知道这是为什么：他想要个儿子。他整天说的、想的都是这个。他唯一的愿望，就是成为一个像他自己那样的男人的父亲。这愿望牢牢地吸引着他，究竟是怎么回事他也不太明白，因为这是他有生以来第一个伟大的愿望、第一次伟大的激情。坠入爱河只不过是关乎肉体的琐碎小事，就像温暖的阳光和清凉的水一样，根本无法与"我将延续"这种永生不朽的神圣希望相比。他为圣德奥达塔献上蜡烛，每逢紧急关头他总是很虔诚。有时候他还亲自去教堂向这位圣女祈祷，说出一个普通人朴素而粗率的要求。在需要帮助的时刻，他心血来潮地把所有的亲戚都召回来陪着他，莉莉娅总看到一张张陌生的脸在昏暗的房间里晃来晃去。

"我的爱！"他常会说，"我最亲爱的莉莉娅！放心吧。除了你，我谁都没爱过。"

她什么都知道，却只是淡淡地笑了笑。她已经伤透了心，都不想说俏皮话讽刺他了。

孩子出生之前，他吻了她一下，说道："我整夜都在祈祷，希望是个男孩。"

她被某种奇妙的温情打动了，有气无力地说："你自己就是个小男孩，吉诺。"

他回答说："那我们就是兄弟了。"

他躺在房间外面，像一条狗似的脑袋抵着门。人们来向他报喜的时候，发现他几乎要昏过去了，湿漉漉的脸上满是泪水。

有人对莉莉娅说："是个漂亮的男孩儿！"可是她已经在分娩时死去了。

第五章

　　莉莉娅去世的时候，菲利普刚刚二十四岁——实际上，噩耗传到索斯顿的那一天恰好是他的生日。他是个身材高挑、体格瘦弱的年轻人，衣服里面得小心地衬上垫肩，才勉强看得过去。他的面容平平无奇，好的和不好的特征古怪地掺杂在一起。他的前额很漂亮，鼻子又大又好看，双眼蕴含着观察力和同情心。但鼻子和眼睛以下的部位就有点难说了，有些人认为嘴巴和下颌决定命运，他们一看到菲利普便连连摇头。

　　菲利普小的时候，对自己的这些不足非常在意。偶尔在学校受了欺负，或是给人家推来搡去，他就会躲到小隔间里，对着镜子端详自己的长相，叹口气说："我这张脸太软弱。以后我在世界上肯定不会有什么地位。"不过随着岁月的流逝，他不太在意这些了，或者说对自己更满意了些。他发现这个世界像对待其他所有人一样，也留出了他的位置。性格的确定是后来的事——也可能是在他不知不觉间就形成了。不管怎么说，他渐渐有了美感和幽默感，这两种天赋是最可贵的。首先显露出来的是美感，这使得他在二十岁的时候系起杂色领带，戴上软塌塌的扁帽子，耽于日落美景而误了晚饭，向古往今来的艺术家汲取艺术的养分，上至普拉克西特列斯①，下至伯恩·琼斯②。二十二岁那年，他跟几个表兄弟去了意大利，只觉得那里的一切都美不胜收：橄榄树、蓝天、壁画、乡村客栈、圣徒、农民、镶嵌画、雕塑，还有乞丐。回国后他带着一副先知的派头，大有不彻底改造索斯顿就与之分道扬镳的架势。他的生活中没什么朋友，便把所有的精力和热情都投入了捍卫美的斗争之中。

---

① 普拉克西特列斯（Praxiteles，生卒年不详），公元前四世纪古希腊著名雕刻家。
② 伯恩·琼斯（Edward Burne-Jones，1833—1898），英国画家、图书插画家、彩色玻璃和镶嵌画设计师。

斗争很快就结束了。无论是索斯顿，还是他自己，都毫无变化。他让六七个人大惊失色，和姐姐吵架，跟母亲斗嘴。最终他得出结论，什么变化都不可能发生。他并不知道，有时候爱美之心无能为力的事情，却能被人与人之间的爱和对真理的爱征服。

他恢复了以往的平静生活，有点醒悟，有点疲惫，但爱美之心完好无损。他越来越依赖他的第二个天赋——幽默。既然无法改变世界，他总可以去嘲笑它，这样他最起码能够获得精神上的优越感。笑是道德健全无虞的标志，他在书上读到过这个道理，也深信不疑。于是，他志得意满地继续笑对人生，直到莉莉娅的婚姻将这份自得彻底推翻。在他心目中，意大利这片美丽的土地算是毁了。它无力改变居住在那儿的人和事。它同样能孳生贪婪、野蛮和愚蠢，甚至还有更糟糕的粗俗。在它的土壤上，在它的影响下，一个傻乎乎的女人嫁给了一个无赖。他憎恨吉诺，是吉诺毁掉了他毕生的理想。现在发生了这桩凄惨的悲剧，他心中充满了痛苦，但并不是因为同情，而是因为幻想已彻底破灭。

对赫里顿夫人来说，这种幻灭可谓恰逢其时。她知道接下来会有一小段艰难的日子，也为全家人团结在一起而高兴。

"咱们要不要悼念她？你们觉得呢？"她总是尽可能征求两个孩子的意见。

哈丽雅特认为应该悼念。莉莉娅在世的时候，哈丽雅特对待嫂子的态度非常恶劣，不过她一向认为死者理应得到关注和同情。"她毕竟受了苦。那封信让我几个晚上都睡不着。整件事就像那些可怕的现代剧，里面的每一个人都有不是。不过如果我们悼念的话，就意味着得告诉艾尔玛。"

"当然得告诉艾尔玛！"菲利普说。

"当然，"他母亲说，"但我认为我们用不着告诉她莉莉娅结婚的事。"

"我不这么想。事到如今，她肯定已经有所怀疑了。"

"别人恐怕都会像你这么想。可是艾尔玛从来都不喜欢她母亲，况且九岁的小姑娘想事情还想不太明白。她还以为母亲是出远门去了。最最重要的是不能让她受到惊吓。孩子的一生都取决于心目中父母的完美形象。毁掉这个形象，一切就都毁了——道德、行为，所有的一切。教育的精髓就在于对他人的绝对信赖。所以每次我在她面前谈起可怜的莉莉娅，都会特别小心。"

"可是你忘记了那个不幸的婴儿。沃特斯和亚当森事务所来信说有个婴儿。"

"必须告诉西奥博尔德夫人，可是她起不了作用。现在她的身体一天不如一天，连金克罗夫特先生都不想见了。至于那位先生，感谢上帝，我听说他总算从别人那里找到了安慰。"

"迟早都要让孩子知道的。"菲利普坚持说。他略感不快，但又说不出是为什么。

"越迟越好。她每时每刻都在成长。"

"我得说，这可真够倒霉的，对不对？"

"对艾尔玛来说吗？为什么？"

"也许是对我们来说。我们也有自己的道德和行为准则，我觉得总这么遮遮掩掩的，对我们奉行的准则没什么好处。"

"没必要把事情扯到那上面去。"哈丽雅特不安地说。

"确实没必要，"她母亲说，"咱们接着说主要的问题。那个婴儿其实无关紧要。西奥博尔德夫人什么都不会做的，也轮不着我们去操心。"

"钱那方面肯定会有所变化。"菲利普说。

"不会，亲爱的。几乎没什么变化。可怜的查尔斯在遗嘱里对可能出现的各种情况都做了安排。钱会转到你和哈丽雅特手上，你们是艾尔玛的监护人。"

"好。那个意大利人会得到什么吗？"

"莉莉娅所有的财产都归他。那点东西有多少你们也知道。"

"好。这么说我们的策略就是——婴儿的事谁也不告诉，连阿博特小姐也不告诉。"

"这绝对是最合适的做法。"赫里顿夫人说。考虑到哈丽雅特,她把"策略"二字换成了"做法"。"我们干吗要告诉卡罗琳呢?"

"她在这件事里有很深的干系。"

"可怜的傻丫头。她知道得越少,以后心情就会越好。我现在非常同情卡罗琳。如果说有什么人为这事既痛苦又悔恨,那就是她了。我把那封可怕的来信跟她说了一点点,只是一丁点,她就哭了起来。我从没见过这么真心实意的悔恨。我们一定要原谅她,忘记这回事。死者已矣。我们别再用死者让她烦心了。"

菲利普发现母亲的话毫无逻辑,但指出这一点并没有任何好处。"那么,新的生活从此开始了。妈妈,你还记得吗?我们为莉莉娅送行的时候说的就是这句话。"

"是啊,亲爱的。但现在才真是新的生活,因为我们的想法都一致了。当时你还迷恋着意大利呢。那地方也许到处都是美丽的绘画和教堂,但我们评判一个国家,只能以那里的人为依据。"

"确实如此。"他伤感地说。既然策略已定,他便出了门,漫无目的地独自散步去了。

等到他回家,已经发生了两件重要的事。家人告诉了艾尔玛她母亲去世的消息,也告诉了碰巧上门来募捐的阿博特小姐。

艾尔玛放声大哭,问了几个挺有道理的问题,又问了一大堆傻里傻气的问题,得到含糊其词的回答也就满意了。幸好学校的颁奖典礼在即,又能穿上崭新的黑衣服,有件事她也就不去多想了——久未露面的莉莉娅,今后再也不会露面。

"至于卡罗琳,"赫里顿夫人说,"简直把我吓坏了。她彻底崩溃了,离开我们家的时候还在哭。我尽量安慰她,还吻了她。现在她和我们之间的嫌隙完全弥合了,这真是一件幸事。"

"她什么都没问吗?我是说,关于莉莉娅的死因?"

"她问了。不过她这人非常敏感,看出我不愿多说,就没再追问。你知道,菲利普,有些话我不好在哈丽雅特面前说,却可以跟你说。哈丽雅特的想法太简单。我们确实不能让索斯顿的人知道还有个婴儿。如果大家都跑来打听这婴儿的事，我们就别想安生过日子了。"

母亲知道该怎么摆布他。他热烈地表示赞同。过了几天，他正巧和阿博特小姐一道去伦敦。由于他比对方更了解内情，一路上都觉得既愉快又兴奋。他们上次一同旅行，是穿过欧洲从蒙特里亚诺回英国。那次旅行糟糕透了。联想起来，菲利普觉得这次旅行估计也会很糟糕。

结果他很意外。从索斯顿到查令十字车站的路上，阿博特小姐显露出的品质让他大吃一惊，他从没想过她竟然这么有内涵。她的见解并不算非常独到，但她的确表现出了令人称道的智慧。虽说有时候她比较笨拙，甚至不太客气，菲利普仍然觉得她是个可塑之材。

一开始她弄得他很恼火。很自然，他们本来正在谈论莉莉娅，她却打断了不痛不痒表示同情的话头，突如其来地说："这一切不仅很悲惨，还特别奇怪。我做的事也同样奇怪。"

这是她第一次提到自己的可鄙行径。"别放在心上了，"他说，"事情都过去了。死者已矣。这件事跟我们的生活已经毫无关系。"

"可是正因为如此，我才能谈起这件事，把一切对你和盘托出。你肯定觉得我又愚蠢又感情用事，居心不良还神经错乱，但其实你并不知道我的罪责有多大。"

"说实话，我现在根本不去想这事了。"菲利普温和地说。他知道，总的说来，她本质上还是厚道、正直的，因此她并没有必要把自己的想法袒露出来。

"我们到达蒙特里亚诺的第一天傍晚，"她坚持要往下说，"莉莉娅一个人出去散步，看到那个意大利人坐在风景特别好看的一段城墙上，就爱上了他。那人穿得很寒酸，她甚至都不知道他是个牙医的儿子。实话告诉你，我对这种事已经见怪不怪了。以前有一两次我不得不把人家打发走。"

"是啊，我们当时都指望你来着。"菲利普的语气突然尖刻起来。不管怎么说，她既然非要袒露自己的想法，就得承受后果。

"这我知道，"她回答的语气也同样尖刻，"莉莉娅又见了他几次，我觉得我应该干预了。一天夜里，我把她喊到我的卧室。她吓坏了，她知道我为什么找她，也知道我有多严厉。'你爱这个男人吗？'我问她，'爱还是不爱？'她说'爱'。于是我说，'如果你觉得会幸福，为什么不和他结婚呢？'"

"真是的——真是的，"菲利普发作了，他非常恼火，仿佛事情就发生在昨天，"你一直很了解莉莉娅。别的姑且不说——就好像她会选择出什么能让她幸福似的！"

"你又何时让她选择过呢？"她勃然大怒。"我这话恐怕有点失礼。"她又说了一句，努力让自己平静下来。

"也许应该说是措辞不当。"菲利普说。困惑不解的时候，他总会摆出一副冷冰冰的讽刺态度。

"让我把话说完。第二天上午我找到卡雷拉先生，跟他说了同样的话。他——唉，他愿意。就是这样。"

"那封电报呢？"他轻蔑地望着窗外。

本来她的语气一直很生硬，也许是出于自责，也许还有点不服气，现在却明显地透着伤心难过。"唉，那封电报！那么做确实不对。当时莉莉娅比我还要害怕。我们本应该实话实说的。不管怎样，我总归是慌了神。我去车站接你的时候，本想把一切都告诉你。但我们从一开始就撒了谎，我害怕了。最后你离开的时候，我又害怕起来，就跟你一起回国了。"

"你当时真的想留在那儿吗？"

"是的，至少要待一段时间。"

"那样对新婚夫妇合适吗？"

"应该合适。莉莉娅需要我。至于他——我总觉得我也许能够影响他。"

"这些事我一无所知，"菲利普说，"但我认为局面可能会因此变得更为复杂。"

她对这句简单直白的话听而不闻。她无可奈何地望着光秃秃的、盖了太多房子的乡村，说道："好了，我解释完了。"

"不好意思，阿博特小姐。对于你的大部分行为，你只是作了描述，并没有解释。"

他抓住了她的要害，本以为她会张口结舌地陷入崩溃，可没想到她竟然颇有底气地回答说："解释会让你感到厌烦的，赫里顿先生。会牵扯到其他的话题。"

"哦，没关系。"

"你知道吗，我以前很讨厌索斯顿。"

他高兴起来。"我也是，以前就讨厌，现在也一样。太棒了。接着说。"

"我讨厌那种懒散、愚蠢、故作体面，还有那种小里小气的无私。"

"小里小气的自私。"他纠正道。索斯顿的社会心理向来是他的专长。

"小里小气的无私，"她又说了一遍，"我有这么一种印象，索斯顿的每个人一辈子都在为并不喜欢的东西做出小小的牺牲，只为了讨好他们并不钟爱的人。他们从来没学会真诚——同样糟糕的是，从来没学会怎么快乐地生活。我就是这么想的——我在蒙特里亚诺就是这么想的。"

"哎呀，阿博特小姐，"他喊道，"你早该把这些想法告诉我！我现在还这么想呢！有许多我都同意。好极了！"

"再说莉莉娅，"她接着说道，"虽然她身上有些特点我并不喜欢，但不知怎么她却保持着以一派真诚享受生活的能力。吉诺呢，我觉得他人非常好，又年轻，又强壮，还像大白天一样坦坦荡荡。如果他们想结婚，又有什么不行呢？莉莉娅为什么就不能摆脱那种死气沉沉的生活？她以前过的日子都是一成不变的老一套，而且还得接着过下去，变得越来越麻木不仁——这比不幸福还要糟糕，一直到死。当然，我想错了。她只是从一种老一套跳进了另一种——这后一种更加糟糕。至于吉诺——唉，你比我更了解他。我再也不敢相信自己看人的眼光了。但我仍然觉得，我们第一次见到他的时候，他不可能坏到哪里去。莉莉娅——我斗胆说句不敬的话——想必是太软弱了。吉诺只是个孩子——我觉得他正处于转变成一个好男人的关键时刻——莉莉娅肯定是没好好管教他。我只做过这么一次不合规矩的事，结果却闹成这样。这就是你想听的解释。”

“而且其中许多地方还非常有趣，不过我并不能完全理解。你难道从没考虑过他们社会地位的差异吗？”

“我们昏头了——醉心于反抗，连基本的判断力都没有。你一来，就什么都看明白了，什么都预见到了。”

“噢，我可不这么想。”菲利普听到对方夸他具备基本的判断力，心里稍稍有点不痛快。有那么一会儿，他觉得阿博特小姐似乎比他还要不落俗套。

“我希望你能明白，”她最后说，“我为什么要跟你讲这么多。女人——有一天我听你说过——只有把自己的错误大声说出来，心里才能平静。莉莉娅死了，她丈夫变坏了——全都是因为我。你知道，赫里顿先生，这让我特别难过。这是我第一次接触我父亲所说的‘真实生活’——瞧瞧我都干了些什么？那年冬天，我似乎渐渐意识到了美好、壮丽，还有别的什么说不清道不明的东西；到了春天，我想和我讨厌的事物抗争——平庸、沉闷、恶意、社会。在蒙特里亚诺的时候，我也有一两天讨厌社会。我没意识到所有这一切都是不可战胜的，如果我们跟它们对着干，就会被撕成碎片。谢谢你听我胡扯了这么多。”

“噢，我很赞成你的话，”菲利普鼓励地说，“这可不是胡扯，要是在一两年前，我也会这么说的。不过我现在的感受不同了，希望你也能转变。社会确实是不可战胜的——从某种程度上说。但你真正的生活属于你自己，什么都影响不到它。这世界上没有任何力量能够阻止你去批评、去鄙视平庸，也没有任何力量能阻止你退避到美好和壮丽之中，退避到那些构成真实生活——真实自我——的想法和信仰之中。”

“我还没有过那样的经历。我和我的生活，肯定只能存在于我所居住的地方。"

显然她和普通的女人一样，无法理解哲学问题。不过她展现出了颇为独特的个性，他一定要多去了解她。"面对不可战胜的平庸，我们还有一种极大的安慰，"他说，"那就是遇上一位同样深受其害的朋友。我希望以后我们还能经常像今天这样畅谈。"

她的回答很得体。火车到了查令十字车站，他们便分手了——他去看日场演出，她去给肥胖的穷人买衬裙。买衬裙的时候，她的思想开了小差：她一向都知道她和赫里顿先生之间有着很深的鸿沟，现在她觉得这鸿沟似乎已变得深不可测。

这些事件和谈话是圣诞节期间发生的。他们开创的"新的生活"持续了七个月左右。然后，一件小事——只不过是一件令人恼火的小事——就让这种生活走到了尽头。

艾尔玛收集美术明信片，寄到家里的明信片赫里顿夫人和哈丽雅特总要先看一眼，免得孩子接触到什么粗俗的东西。这一次，明信片的主题似乎没有任何不妥——许多废弃的工厂烟囱，哈丽雅特正准备把它递给侄女，突然瞧见了空白处写的文字。她尖叫一声，把明信片扔进了炉栅。当然，七月份壁炉里是不生火的，艾尔玛只要跑过去把卡片再捡起来就行。

"你怎么敢这样！"她的姑姑嚷了起来，"你这个坏丫头！把它给我！"

不巧的是，赫里顿夫人那会儿不在房间里。艾尔玛根本不怕哈丽雅特，她绕着桌子蹦来蹦去，一边蹦一边念道："蒙特里亚诺小城美景——你的小弟弟寄。"

不知所措的哈丽雅特抓住艾尔玛，扇了她一耳光，把明信片撕得粉碎。艾尔玛痛得号啕大哭，愤愤不平地大叫："我的小弟弟是谁？我怎么从来没听说过？奶奶！奶奶！我的小弟弟是谁？我的——"

赫里顿夫人抢进房间，说道："跟我来，亲爱的，我来告诉你。也该让你知道了。"

谈完话，艾尔玛抽抽搭搭地回来了，其实她了解到的情况非常之少。但这一点点情况就足以让她不再胡思乱想。她答应保守秘密，却并不知道为什么要保密。不过，跟已经知道情况的人说说这个小弟弟，又有什么关系呢？

"哈丽雅特姑姑！"她会说，"菲尔①叔叔！奶奶！你们猜猜，我的小弟弟正在干什么？他开始玩了吗？意大利宝宝说话是不是比我们早？还是说，他算是在国外出生的英国宝宝？哦，我好想见到他啊，我还想第一个教他学'十诫'和'教理问答'。"

最后这句话总会让哈丽雅特神情凝重。

"真是的，"赫里顿夫人感叹道，"艾尔玛越来越烦人了。她这么快就忘记了可怜的莉莉娅。"

"对她来说，活着的弟弟比死去的母亲更重要，"菲利普出神地说，"她可以给弟弟织袜子。"

"我叫她别织了。她不管说什么都要提到他。真叫人心烦。那天晚上她还问我，能不能把小弟弟放到祈祷时专门提到的人里面。"

"你怎么说的？"

"我当然答应她了，"赫里顿夫人冷冰冰地回答，"她有这个权利，祈祷的时候想提到谁就提到谁。不过今天早上她惹得我很生气，我恐怕把情绪流露出来了。"

"今天早上怎么啦？"

"她问我可不可以为她的'新父亲'祈祷——为那个意大利人祈祷！"

"你答应她了吗？"

"我站了起来，什么话都没说。"

"你的心情，肯定和当年听说我想为恶魔祈祷时一样。"

"他就是恶魔。"哈丽雅特嚷道。

"才不是呢，哈丽雅特。他太粗俗。"

"拜托你别再嘲笑宗教了！"哈丽雅特回嘴说。"想想那个可怜的

---

① 菲利普的昵称。

婴儿吧。艾尔玛为他祈祷是对的。一个英国小孩儿，竟然就这样开始了人生！"

"我亲爱的姐姐，你放心好了。第一，那个讨厌的婴儿是意大利人。第二，他刚出生就在圣德奥达塔教堂接受了洗礼，有许多厉害的圣人守护着——"

"别说了，亲爱的。还有，哈丽雅特，别那么严肃——我是说，跟艾尔玛在一起的时候你别那么严肃。如果她觉得我们有什么要隐瞒，还会更烦人。"

哈丽雅特讲起道德来，简直跟菲利普离经叛道的时候一样令人生厌。赫里顿夫人不久便安排女儿去蒂罗尔 ① 过六个星期，放松放松。接下来，她和菲利普就可以专心对付艾尔玛一个人了。

母子俩刚刚让事情消停一点，那个可恶的婴儿又寄来了一张明信片——这回是漫画，不算很合适。艾尔玛收到明信片的时候他们不在家，于是所有的烦心事又开始了。

"我想不通，"赫里顿夫人说，"他寄这些东西的动机是什么？"

要是在两年前，菲利普多半会说吉诺的动机就是让大家开心一下。现在他也跟母亲一样，总把事情往阴险狡诈的方向上想。

"你觉得他会不会猜到了这个局面——猜到我们多么急于隐瞒这桩丑闻？"

"很有可能。他知道艾尔玛会拿这婴儿的事来烦我们。也许他指望我们把婴儿收养下来，好堵住艾尔玛的嘴。"

"确实很有可能。"

"与此同时，他还能趁机败坏艾尔玛的道德观念。"赫里顿夫人打开抽屉的锁，拿出那张明信片，阴沉着脸仔细端详起来。"他请求她给那婴儿寄一张明信片。"她接着说道。

"她说不定真会这么干！"

"我跟她说了，不准寄。但我们一定得盯紧艾尔玛。当然了，不

---

① 蒂罗尔（Tirol），奥地利西南部的一个州，是冬夏皆宜的旅游胜地。

能显出对她有疑心的样子。"

菲利普越来越欣赏母亲的手段。他不再考虑自己的道德和行为准则了。

"可是，在学校谁能盯着她呢？她随时有可能说漏嘴。"

"没法子，只能寄希望于我们的影响力了。"赫里顿夫人说。

艾尔玛还当真说漏了嘴，而且就是在那一天。一张明信片她能抵挡得住，两张就不行了。对小女生来说，新出现的一个小弟弟可是弥足珍贵的感情财富，况且她们学校正处于狂热崇拜小宝宝的时期。家里有许多小宝宝的女生是多么幸福啊！她早晨离家时，可以亲吻他们；课间休息时，有权把他们从童车里抱出来；吃茶点时，还可以趁着小宝宝尚未歇息，抱着他们炫耀一番。这样的一位女生，大可以吟唱那首口口相传的米利暗①之歌。米利暗是所有女生之中最有福的，她可以把小弟弟藏在泥泞的地方，除了她谁也找不到！

那些装腔作势的女生，都在谈论亲戚家的宝宝和来家里做客的宝宝，艾尔玛又怎么能保持沉默呢？她有个小弟弟，而且他还通过他亲爱的爸爸给她写明信片呢！她答应过不跟别人说他的事——但并不知道为什么要这样，于是她就说出去了。一个女生告诉了另一个女生，另一女生又告诉了自己的妈妈，事情便传开了。

"是啊，这真的很让人难过，"赫里顿夫人不停地解释说，"我儿媳妇的婚姻非常不幸，恐怕你已经知道了。我估计那孩子要在意大利接受教育。她的外祖母或许会做点什么，不过我还没听说。我觉得她不太可能把孩子接回来。她不喜欢孩子的父亲。这对她来说真是件痛苦的事。"

她很注意，只责怪艾尔玛不听话——对父母和监护人来说，这第八宗大罪非常好用。换作哈丽雅特，肯定会毫无必要地解释一通、臭骂一顿。艾尔玛很羞愧，也不再整天把小宝宝挂在嘴边了。学年马上

---

① 《圣经·出埃及记》中先知摩西的姐姐。埃及法老下令要杀死所有新生的希伯来男孩，父母生下摩西三个月后自知无法继续隐瞒，便派米利暗把婴儿藏在河边的芦荻中。

就要结束，她盼着再拿一个奖。然而，她也已经推动了后续事件的转轮。

几天之后，他们见到了阿博特小姐。自从那次亲吻和解，赫里顿夫人就没怎么见过她，菲利普在伦敦之行后也是一样。说实话，她让菲利普非常失望。她曾经展露出的独特个性确实可圈可点，却只是昙花一现。菲利普担心她又退回了原来的状态。这次她来是为了乡间诊疗所——她全部的生活都奉献给了无聊的慈善活动。虽说已经从菲利普和他母亲那里拿到了钱，她还是端坐在椅子上，神色比以往更严肃、更木然。

"我想你已经听说了。"赫里顿夫人说，心里很清楚她来有什么事。

"对，听说了。我来就是想问你：有没有采取什么措施？"

菲利普大吃一惊。这话问得极其无礼。他很看重阿博特小姐，为她如此无礼的行为深感痛惜。

"是关于那个孩子吗？"赫里顿夫人和和气气地问道。

"是的。"

"据我所知，没采取什么措施。西奥博尔德夫人也许有所打算，但我还没听说。"

"我的意思是，你有没有什么打算？"

"那孩子不是我们的亲戚，"菲利普说，"所以我们不好干预。"

他母亲不安地瞥了他一眼。"可怜的莉莉娅以前就跟我的亲女儿一样。我明白阿博特小姐的意思。但现在情况发生了变化。不管采取什么措施，自然都应该以西奥博尔德夫人为先。"

"可是，西奥博尔德夫人不是向来都听你的吗？"阿博特小姐问。

赫里顿夫人不由得涨红了脸。"以前我偶尔给她提过一些建议。现在我不该再这么做了。"

"这么说，对那孩子就什么都不管了？"

"没想到你竟然这么关注这件事，真是太好心了。"菲利普说。

"那孩子是因为我的疏忽才来到人世的，"阿博特小姐说，"我当然应该关注。”

“我亲爱的卡罗琳，”赫里顿夫人说，“你可别为这事伤神。过去的就让它过去吧。那孩子用不着我们去费心，更用不着你去费心。我们甚至都不会提起他。他属于另一个世界。”

阿博特小姐没回答就站了起来，转身要走。她的模样非常严肃，让赫里顿夫人感到不安。“当然了，”她又补充道，“如果西奥博尔德夫人定下了某种似乎可行的方案——说实话，我还没有看到——看在艾尔玛的分上，我会问问能不能跟她一起行动，并分担可能产生的费用。”

“如果她作出了什么决定，请你告诉我。我也想出一份力。”

“亲爱的，你怎么能这样乱花钱！我们绝对不会允许的。”

“如果她没有作出任何决定，也请你告诉我。不管怎样都告诉我。”

赫里顿夫人特意吻了她一下。

“这个年轻人疯了吧？”她刚走，菲利普就叫了起来，“我这辈子都没见过如此无礼的行为。真应该狠狠揍她一顿，再把她送回主日学校。”

他母亲什么都没说。

“你没看出来吗，她简直就是在威胁我们？你用西奥博尔德夫人是搪塞不了她的。她和我们一样清楚，西奥博尔德夫人是个无足轻重的人。如果我们什么都不做，她就会传播丑闻——说我们对自己的亲戚不闻不问，等等，当然，这是一派胡言。但她还是会这么说的。哦，可爱、亲切而冷静的卡罗琳·阿博特神经搭错线了！在蒙特里亚诺的时候我们就知道了。去年有一天在火车上我就有点怀疑，现在又来了。这个年轻人疯了。”

他母亲还是什么都没说。

“我要不要马上过去，好好教训她一顿？我很愿意这么做。”

赫里顿夫人用低沉而严肃的声音——她已经好几个月没这么跟菲利普说话了——说道：“卡罗琳确实非常无礼。不过，她的话也许还是有几分道理的。难道那孩子就应该在那种地方——在那样一个父亲身边长大成人？"

菲利普吃了一惊，只觉得不寒而栗。他看出母亲说的并不是真心话。母亲对别人言不由衷的时候他觉得很有趣，但如今用在他身上，就很令人沮丧了。

"我们得坦率地承认，"她接着说，"我们毕竟还是负有责任的。"

"我不明白你的意思，妈妈。你来了个一百八十度的大转弯。你到底想干什么？"

顿时，两个人之间竖起了一道无法逾越的屏障。其乐融融、相互交心的状态已不复存在。赫里顿夫人打算采取自己的策略了——这些策略菲利普可能根本想不到，也做不出。

他的话惹怒了她。"干什么？我在想是不是应该收养那个孩子。这还不够明白吗？"

"你这么想，是因为阿博特小姐说的那几句蠢话吗？"

"是的。我再说一遍，她非常无礼。尽管如此，她还是让我意识到了自己的责任。如果我能够救出可怜的莉莉娅的孩子，让他逃离那个可怕的男人，我就要去做。在那个男人手里，孩子今后不是天主教徒就是异教徒，而且肯定会被培养成一个恶人。"

"你说起话来跟哈丽雅特一样。"

"为什么不能跟她一样？"她说着涨红了脸，心知这话是在骂人。"如果你愿意，也可以说我说起话来跟艾尔玛一样。那孩子对这件事看得比我们都清楚。她渴望见到小弟弟。她会跟他团聚的。我才不在乎这是不是一时冲动。"

他能肯定母亲并不是一时冲动，但不敢这么说。她的能耐让他害怕。他这辈子一直是任她摆布的木偶。她让他去崇拜意大利，去改造索斯顿——正如她让哈丽雅特加入低教会派 ① 一样。她让他爱说什么

---

① 英国基督教圣公会中的一派，主张简化仪式，反对过分强调教会的权威地位，较倾向于清教徒，与主张在教义、礼仪和规章上大量保持天主教传统的高教会派相对。

就说什么。然而，一旦她要达到某个目的，就总能如愿。

尽管她让菲利普害怕，却没有在他心中唤起敬意。他看明白了，她的人生毫无意义。她玩弄手段，言不由衷，坚持不懈地抑制活力，究竟是出于什么目的？这些做法有没有让谁变得更好、更幸福？难道就给她自己带来幸福了吗？哈丽雅特笃信着阴郁而乖戾的教义，莉莉娅一心追求快乐，但她们总归比这台井井有条、积极主动却毫无用处的机器更有吸引力。

母亲伤害了他的虚荣心，因此他可以这么批评她。但是他无法反抗。终其一生他可能都要对她唯命是从。他冷眼旁观母亲和阿博特小姐之间的较量。赫里顿夫人的计谋是一点点显露出来的，那就是不惜一切代价阻止阿博特小姐插手那个孩子的事，如有可能，代价小一点当然更好。自尊心是她性格中唯一实实在在的成分。显得不如别人乐善好施，这样的印象她无法忍受。

"我在盘算能做些什么，"她会这么跟别人说，"好心的卡罗琳·阿博特在帮助我。这件事跟我们俩都没关系，但我们越来越觉得不能把孩子完全丢给那个可怕的男人。那样对小艾尔玛也不公平，他毕竟是她同母异父的弟弟啊。没有，我们还没做出明确的决定。"

阿博特小姐也一样彬彬有礼，但仅仅表达良好的意图并不能让她满足。孩子的幸福对她来说是一种神圣的责任，而不是什么关乎自尊甚至感情的问题。她觉得只有这么做，才能略微消除一点点经她允许才来到这个世界的罪恶。在她心目中，蒙特里亚诺已经变成一座神秘的邪恶之城，在那些塔楼下面，谁都不可能成长为幸福或纯洁的人。而索斯顿呢，这儿有半独立式的房子、势利的学校、读书茶会、义卖活动，无疑是个小里小气、索然无味的地方，有时她甚至觉得它很可鄙。但它并不是罪恶之地。在索斯顿，无论是跟着赫里顿一家还是跟着她自己，那孩子都能好好地长大成人。

到了不可避免的时候，赫里顿夫人写了一封信，让沃特斯和亚当森事务所转寄给吉诺——这封信非常古怪，菲利普后来看到了复印件。表面上看，信的目的是抱怨那些美术明信片。都快结尾了，她才写了几句若无其事的话，提出要收养那个孩子，前提是吉诺保证今后永远不来找他，并交出莉莉娅的一部分钱用于孩子的教育。

"你觉得怎么样？"她问儿子，"一定不能让他知道我们急于收养孩子。"

"他绝对想不到的。"

"但这封信对他会有什么作用呢？"

"收到信，他会算一笔账。交出一点小钱，同时甩掉孩子，如果长远看来这么干比较划算，他就会放弃孩子。如果不划算，他就会装出一副慈父的腔调。"

"亲爱的，你刻薄起来简直可怕，"她顿了一下，又问道，"这笔账是怎么算的呢？"

"这我肯定是不知道的。不过，如果你想确保孩子跟着回程邮件一道寄来，就应该给他寄去一小笔钱。哦，我可不是刻薄——我只不过是凭着对他的了解行事。但我对这出戏已经厌倦了。对意大利厌倦了。厌倦，厌倦，厌倦。索斯顿是个亲切、慈悲的地方，不是吗？我要去散散步，在这个地方寻求点安慰。"

他说话时面带微笑，为的是不要显得太严肃。他离开之后，赫里顿夫人的脸上也露出了笑容。

他散步去了阿博特家。阿博特先生请他喝茶，在隔壁房间复习意大利语的阿博特小姐出来给他倒茶。菲利普跟他们说，他母亲给卡雷拉先生写了信。父女俩都热切地预祝她成功。

"赫里顿夫人太好了，真的太好了。"阿博特先生说。他跟大家一样，对女儿令人气愤的行为毫不知情。"恐怕这意味着一大笔开销。她要是不付钱，什么都别想从意大利弄出来。"

"肯定会有一些附带的开销。"菲利普谨慎地说。然后他转头问阿博特小姐："你觉得我们对付那个男人的时候会不会遇到困难？"

"那得看情况。"她的回答也很谨慎。

"根据你所见到的情形，你觉得他会成为一位慈父吗？"

"我根据的不是我所见到的情形，而是我对他的了解。"

"那么，你得出的结论是什么呢？"

"他是个彻头彻尾的坏蛋。"

"但彻头彻尾的坏蛋也会疼爱自己的孩子。你瞧瞧罗德里戈·博尔吉亚 ①。"

"我在我们教区也见到过这样的人。"

说完这话，这位可敬的年轻女士站起身，回房间接着复习意大利语去了。她让菲利普非常困惑。热情的驱使他能够理解，但她看起来一点儿也不热情。纯粹的固执他能够理解，但似乎也不是出于这个原因。显然，这场斗争既不会给她带来乐趣，也不会让她获得利益。那么，她究竟为什么要投身其中呢？也许她是言不由衷。也许吧，总的看来这种可能性最大。她肯定是嘴上说一套，心里却想着另一套。他没再去琢磨这个另一套到底是什么。现在他但凡碰到不熟悉的事物，无论是善意的举动，还是崇高的理想，都会习惯成自然地用"言不由衷"去解释。

"她搪塞得很好。"后来他对母亲说。

"你有什么要搪塞的吗？"她温和地问道。儿子也许知道了她的策略，但她不愿承认他已经知道。她继续在他面前装模作样，说她只想得到那个孩子，一直都想，阿博特小姐则是她可贵的助手。

过了一个星期，意大利那边寄来了回信，她并没有在儿子面前流露出胜利的喜悦。"看看信吧，"她说，"我们失败了。"

吉诺的回信是用意大利语写的，不过律师附上了拗口的英语译文。"Pregiatissima Signora"翻译成了"最值得赞扬的夫人"，每一句微妙的恭维话和夸张的说法——意大利语中的夸张说法也很微妙——都足以放倒一头公牛。菲利普一时间给这些表达方式迷住了，竟然忘记了事情本身。这封古里古怪的信让他回忆起了自己曾经热爱的那片土地，感动得他几欲落泪。他知道这些笨拙措辞的意大利语原文是什

---

① 罗德里戈·博尔吉亚（Rodrigo Borgia，1431—1503），即教皇亚历山大六世，是文艺复兴时期最具争议的教皇，私生子女众多。

么。他也曾寄出"真诚的祝愿";他也在加里波第咖啡馆写过信——谁会在家里写信啊?"真没想到我还是这么蠢,"他心想,"我怎么就没意识到这只不过是语言表达的技巧?无赖就是无赖,不管他生活在索斯顿还是蒙特里亚诺。"

"是不是很让人灰心?"母亲说。

接下来菲利普在信中看到,吉诺不能接受这个慷慨的提议。他那颗慈父的心,不允许他放弃可怜的亡妻留下的唯一念想。至于那些明信片,听说它们惹人生厌,他也很不开心。他以后不会再寄了。能否请以善良著称的赫里顿夫人向艾尔玛解释一下,并代为感谢艾尔玛(这位小姐多有礼貌啊!)寄给他的明信片?

"账算下来,结果对我们不利,"菲利普说,"要不然他就是想抬高价码。"

"不是的,"赫里顿夫人断然说,"不是这样。出于某种有悖常理的原因,他不愿放弃孩子。我得把这事告诉可怜的卡罗琳。她也会很难过的。"

回来的时候,她的状态极为反常。她满脸通红,上气不接下气,眼圈都黑了。

"放肆!"她大喊,"该死的,太放肆了!哦,我骂人了。我不在乎。那个可恶的女人——她怎么敢插手——我得——菲利普,亲爱的,对不起。这样没有用。你必须去。"

"去哪里?你快坐下来。出什么事了?"向来优雅端庄的母亲竟然破口大骂,这让他非常心痛。他没想到她身上还有这一面。

"她不肯接受——不肯接受这封信就是最后的结果。你必须去蒙特里亚诺!"

"我不去!"他也喊了起来,"我去过了,失败了。我再也不想见到那个地方。我讨厌意大利。"

"如果你不去,她就要去。"

"阿博特?"

"是的。她一个人去;今晚就动身。我主动提出再写封信,她说

'太晚了！'太晚了！你想想看，那个孩子——艾尔玛的弟弟——要跟她一起生活，在我们家门口由她和她父亲抚养长大，像个小绅士一样去上学，她来出钱。哦，反正你是个男人！对你来说这都无所谓。你可以一笑置之。但我知道别人会怎么说。那个女人今晚就要去意大利。"

他似乎受到了启发。"让她去好了！让她自己去找意大利的麻烦。她总归要失败的。意大利太危险，太——"

"别说这些废话了，菲利普。我决不能因为她而丢脸。我一定要得到那个孩子。有多少钱就给多少。我一定要得到他。"

"让她去意大利就是了！"他嚷道，"让她去掺和连自己都不明白的事！瞧瞧这封信！写这信的男人会娶了她，杀掉她，或者用别的什么手段伤害她。他是个无赖，但他可不是英国的无赖。他神秘莫测，还很可怕。他有整个国家做他的后盾，这个国家从创世之初就叫人生气。"

"哈丽雅特！"他母亲大声说，"哈丽雅特也要去。事到如今，哈丽雅特能发挥不可估量的作用！"菲利普的废话还没说完，她已经想好了全盘计划，开始查火车班次了。

第六章

菲利普一向认为，意大利只有在盛夏才能显露出本来面貌，这时游客都已离去，它的灵魂也在直射的阳光下苏醒过来。如今他正好有机会见识最佳状态的意大利，他去蒂罗尔接哈丽雅特的时候已将近八月中旬。

他在海拔五千英尺的一片浓云中找到了姐姐，她冻得哆哆嗦嗦，饱食终日，无所事事，正巴不得有人把她接走。

"把人家的计划全打乱了，"她一边挤海绵里的水一边说，"不过，这显然是我的责任。"

"妈妈把情况都告诉你了？"菲利普问。

"那当然！妈妈给我写了一封非常漂亮的信。信上说，她如何逐渐感觉到我们必须把那个可怜的孩子从可怕的环境中拯救出来，她如何尝试着写信去沟通，却无济于事——对方的回信全都是虚情假意的恭维话和伪善之辞。然后她说，'什么都比不上当面对他施加影响；我没办成的事，你和菲利普一定能办成。'她还说，卡罗琳·阿博特人非常好。"

菲利普表示同意。

"卡罗琳对这件事几乎和我们一样关切，因为她了解那个男人。哦，他肯定讨厌极了！我的天啊！我忘了把氨水装起来了！……这件事对卡罗琳来说是个可怕的教训，不过我猜想这也是她的转折点。我总觉得这一堆坏事最终能变成好事。"

菲利普看不出会有什么好事，也无心去欣赏美景。但这趟远征肯定会非常滑稽。他对此事已不再有抵触情绪，而是对一切都漠不关心，除了其中的可笑之处。简直是太妙了。母亲驱使着哈丽雅特，阿博特小姐驱使着母亲，驱使着吉诺的则是一张支票——还有比这更有趣的事吗？这一回再没有什么能让他分心了，他的多愁善感已经消亡，对家族名誉的担心也不复存在。他也许是木偶手中操纵的木偶，但那些提线是怎么布置的，他心里都一清二楚。

他们顺着山势往下行驶了十三个小时，一路上河越来越宽，山越来越小，植被在变化，看到的人也不一样了——他们的容貌由丑陋变得俊美，喝的东西也从啤酒换成了葡萄酒。日出时火车在遍布冰川和旅馆的一片荒原接上他们，日落时火车已经在维罗纳的城墙外迤逦而行了。

"他们说什么天太热，完全是胡扯，"换乘马车离开车站时菲利普说，"如果我们是过来游玩的，还有比现在更惬意的天气吗？"

"可是你听说了吗，也有人讲天会变冷，"哈丽雅特紧张地说，"我从没想过这儿会冷。"

第二天他们步行去参观朱丽叶之墓的时候，突如其来的热浪仿佛捂住了他们的嘴巴，叫人透不过气。从那一刻开始，诸事不顺。他们逃离了维罗纳。哈丽雅特的素描本被偷走，她箱子里的那瓶氨水在祈祷书上压碎了，衣服全都染上了一块块紫斑。接着，凌晨四点路过曼托瓦的时候，菲利普非要让她看窗外大诗人维吉尔的出生地，结果一粒煤灰飞进了她的眼睛里，而眼里进了煤灰的哈丽雅特脾气有多坏，那可是尽人皆知。他们在博洛尼亚暂住了二十四小时，稍事休息。那天正赶上过节，小孩子没日没夜地吹着带气囊的哨子。"这算什么宗教！"哈丽雅特说。旅馆里气味难闻，两只小狗在她床上睡着了，她卧室的窗户正对着钟楼，每隔十五分钟就会向昏昏欲睡的她敲钟致敬。菲利普把他的手杖、袜子和旅游指南都落在了博洛尼亚；她只落下了洗漱包。第二天他们乘火车穿过亚平宁山脉，车厢里有个小孩晕车，还有个热得要命的女人。那女人跟他们说，她以前从来没出过这么多汗。"外国人真是个肮脏的民族，"哈丽雅特说，"我不管前面有没有隧道，把窗户打开。"他遵命开窗，又一粒煤灰飞进了她眼里。到了佛罗伦萨，情况依然没有改观。吃饭、走路、哪怕只做个填字游戏，两个人浑身都会热汗滚滚。菲利普人比较瘦，也没那么较真，吃的苦头要少一些。但哈丽雅特从没来过佛罗伦萨，于是从上午八点到十一点，她像受伤的动物一样在大街小巷蹒跚而行，在各种各样的艺术杰作前心醉神迷。去买到蒙特里亚诺的火车票的时候，两个人都非常烦躁。

"买单程票还是往返票？"他问。

"给我买一张单程的，"哈丽雅特没好气地说，"我是不可能活着回去了。"

"你真是个大好人！"她弟弟一下子崩溃了，"等我们见到卡雷拉先生，你会起到多么大的帮助啊！"

"你以为，"哈丽雅特一动不动地杵在来去匆匆的搬运工当中，说道，"难道你还以为我会进那个男人的家门？"

"那我请问，你来是要干什么？当点缀吗？"

"我来监督你履行职责。"

"哦，多谢了！"

"妈妈是这么嘱咐我的。看在上帝的分上，赶紧去买票。那个怕热的女人又来了！她竟然还有脸给人鞠躬。"

"妈妈嘱咐你的，是不是？"菲利普愤怒地说，一边挤上前去买票。售票窗口太窄了，车票只能紧贴着窗边塞出来给她。意大利糟糕透顶，佛罗伦萨车站就是糟糕透顶的意大利的中心。但他有种奇怪的感觉，仿佛这一切都是他造成的；仿佛只要他心中能多容纳一点美德，这片土地就不再糟糕，而会让人乐在其中。这片土地是有魅力的，他对此坚信不疑。是一种实实在在的魅力，就隐藏在那些搬运工、喧嚣和尘土后面。在他眼中，这种魅力无处不在——无论是他们旅行时头顶美丽的蓝天，比寒霜更紧密地依附着生命的白色平原，阿尔诺河水流枯竭的地区，还是颤巍巍地矗立在山上的褐色城堡的废墟。他能看到这种魅力，尽管他头疼，皮肤刺痛，尽管他在这儿就像个木偶，尽管他姐姐心里知道他是怎么到这儿来的。火车驶向蒙特里亚诺车站的途中，一切都让人不快。但一切都很不同寻常，就连旅途的种种不适都绝不平淡。

"可是，城里有人住吗？"哈丽雅特问。他们已经出了火车车厢，换乘"莱诺"马车。马车从枯萎的树丛中驶出，他们的目的地已依稀可见。

菲利普有意要气她，回答说："没有。"

"他们在那儿都做些什么呢？"哈丽雅特皱着眉头又问。

"那儿有一家咖啡馆，一座监狱，一个剧院，一个教堂，有好些城墙，还能看到风景。"

"我没兴趣欣赏这些，谢谢。"哈丽雅特沉吟片刻，说道。

"没人邀请你去欣赏，小姐。有那么一位可爱的年轻绅士可是邀请了莉莉娅，他额头垂着鬈发，牙齿洁白无瑕，"说到这儿，他的态度变了，"不过，哈丽雅特，你难道就看不出那个地方有一点儿美妙之处，或者是迷人之处———一点儿都看不出吗？"

"一点儿都看不出。那是个可怕的地方。"

"我知道。但它很古老——非常古老。"

"美是唯一的检验标准，"哈丽雅特说，"至少我给古建筑画素描的时候你是这么说的——我猜你当时是故意气人来着。"

"哦，我说得一点没错。但与此同时——我说不好——这里发生过许许多多的事——人们的日子那么艰难，却又那么神采飞扬——我无法解释。"

"我就知道你无法解释。你在这个时候开始犯意大利狂热病，似乎不太合适。我还以为你的狂热病已经治好了。且不说这个，能不能麻烦你告诉我，你到了那儿之后打算怎么办？我恳求你，这一次可别再给人搞得措手不及。"

"首先，哈丽雅特，我得把你安顿在意大利之星旅馆，那儿的舒适环境与你的性别和气质相符。然后我得给自己煮点茶。喝过茶，我就带上一本书，去圣德奥达塔教堂看书。那儿的空气总是很新鲜，也挺凉爽。"

受苦受难的哈丽雅特嚷了起来："我并不聪明，菲利普。你心里清楚，我不喜欢你这样。但我知道什么是无礼。我也知道什么是错的。"

"你的意思是——"

"你!"她大喊一声,从马车的垫子上蹦了起来,吓得跳蚤四散而逃,"如果一个男人谋害了一个女人,聪明又有什么用?"

"哈丽雅特,我好热。你指的是谁?"

"他。她。你要是不小心,他也会谋害你。我倒希望他把你杀掉。"

"啧,啧,啧啧!身边有具尸体,你会觉得很不方便的。"然后他竭力克制自己别再惹恼了她,说道:"我打心眼里不喜欢那个家伙,但我们知道,他并没有谋害她。她在那封信里说了很多事,但根本没提到他当真对她动了手。"

"他谋害了她。他做的那些事——让人连提都没法提——"

"既然已经开了口,就肯定会提到那些事。而且肯定会实话实说。他对妻子不忠,并不意味着他在所有方面都无比邪恶。"他朝那座小城望了望。它似乎也赞同他的话。

"这是最重要的检验标准。对女人不殷勤体贴的男人——"

"哦,别说了!把这一套带到你的'后厨'去吧。这根本算不上什么最重要的标准。意大利人从来都不会殷勤体贴。如果你拿这件事来谴责他,你就是在谴责整个民族。"

"我就是要谴责整个民族。"

"还包括法国人?"

"还包括法国人。"

"事情可不是这么既有趣又简单的。"菲利普这句话好像是冲着她说的,但更像是自言自语。

对哈丽雅特来说,事情固然并不有趣,但确实很简单。她再次对弟弟发问:"请问,那个孩子怎么办?你说了一大堆抖机灵的话,把道德、宗教等等挖苦得体无完肤,但那孩子怎么办?你以为我是个傻瓜,可我今天一直在注意你,你一次都没提起那个孩子。你甚至连想都没想过他。你不关心。菲利普!我不跟你说话了。你让人无法忍受。"

她说到做到，一路上都没再开口。但她的双眼闪耀着愤怒和决绝的光芒。她不仅性情乖戾，还是个正直而勇敢的女人。

菲利普承认，她指责得很对。他确实一点都不关心那个孩子。尽管如此，他还是打算履行自己的职责，而且很有信心获得成功。既然当初吉诺可能会为了一千里拉出卖妻子，那么把这个数目降到多少，他才不会出卖自己的儿子？这只不过是一笔商业交易。为什么要牵扯到其他的事情呢？他的双眼又凝视着那些塔楼，就像当初和阿博特小姐乘车经过的时候那样。但这一次他感觉更为轻松，因为没有那么重要的事情挂在心上。怀着文雅游客的心情，他到达了目的地。

在那些塔楼之中，有一座跟其他的一样粗糙，但是顶上有个十字架——那是圣德奥达塔大教堂的尖塔。德奥达塔是中世纪的一位圣女，也是这座小城的守护神，她的故事里温柔与野蛮奇特地交织在一起。她是那么的圣洁，毕生都仰面躺在母亲家里，不进食，不玩乐，也不干活。恶魔嫉妒她如此圣洁，想方设法诱惑她。他把葡萄悬在她的头顶，给她看别致的玩具，把柔软的枕头塞到她作痛的脑袋下面。他发现这些法子全都无济于事，便在她眼前绊倒了她的母亲，还扔到楼下。但圣女是那么的圣洁，她始终没去搀扶母亲，而是一直仰面躺在那里，因此保住了她在天堂的神座。她死的时候只有十五岁，这表明任何一个女生都有可能取得巨大的成就。有些人认为她这一生过得太不切实际，他们只需要想想在波吉邦西、圣吉米亚诺、沃尔泰拉和锡耶纳取得的胜利——全都是拜她的圣名所赐。他们只需要看看那座在她的坟墓上拔地而起的教堂。修建大理石门脸的宏伟计划始终没有实现，直到今天教堂正面还是粗糙的褐色石头。至于教堂的内部，乔托①曾被召来装饰中殿的墙壁。乔托来了——也就是说，他并没有来，德国人的研究确定无疑地证明了这一点——但不管怎样中殿里还是绘满了壁画，左侧耳堂的两间祈祷室和通往高坛的拱廊也是这样，连高坛里面也零星点缀了一些。装饰到此结束，直至文艺复兴鼎盛时期有

---

① 乔托（Giotto，1267—1337），意大利文艺复兴初期的著名画家、雕塑家和建筑师。

位大画家来看望他的朋友蒙特里亚诺领主，在小城盘桓了几个星期。在宴饮、探讨拉丁文词源和跳舞的间隙，他常常信步来到教堂。于是，他在右侧的第五间祈祷室画了两幅壁画，主题是圣德奥达塔的死亡与葬礼。因为这两幅壁画，旅行指南才给教堂标了一颗星。

有圣德奥达塔陪伴，比跟在哈丽雅特一起要好得多，她让菲利普沉浸在愉快的遐想之中，直到马车在旅馆前停下来。那里的人都在睡觉，这个钟点只有傻瓜才会跑来跑去。连乞丐都没出来。车夫把他们的包放到走廊里——重的行李都寄存在车站——四处转了转，找到老板娘的房间把她喊醒，让她过来见他们。

这时，哈丽雅特嘴里迸出了一个字："去！"

"去哪儿？"菲利普一边问她，一边朝翩然下楼的老板娘鞠躬致意。

"去找那个意大利人。快去。"

"晚上好，房东太太。很高兴再次来到蒙特里亚诺！① 别犯傻了。我现在是不会去的。再说，你挡着路了。我要两个房间——②"

"去。立刻。马上。我再也受不了了。去！"

"我要是去，那就见鬼了。我要喝茶。"

"你爱骂就骂！"她嚷道，"亵渎神灵！辱骂我！但你要明白，我可是认真的。"

"哈丽雅特，别装了。要么就装得像一点。"

"我们来这儿是为了把孩子带回去，没有其他任何目的。我绝不允许这种轻浮、懈怠的态度，也别跟我谈什么绘画啊、教堂的。你想想妈妈。她派你来难道就是为了这些东西？"

"你也想想妈妈，别叉着腿站在楼梯上。让车夫和老板娘下来，让我上去选房间。"

"我不让。"

"哈丽雅特，你疯了吗？"

————————

①② 原文为意大利语。

"随你怎么说。你不去见那个意大利人，就别想上来。"

"这位年轻女士不太舒服，给太阳晒的。①"菲利普说。

"可怜的小东西！②"老板娘和车夫叹道。

"少管闲事！"哈丽雅特扭过头，冲着他们咆哮，"我才不在乎你们这帮人呢。我是英国人，他要是不去救孩子，你们就别想下来，他也别想上去。"

"请您小点声——小点声——小点声，还有一位年轻女士在睡觉呢——③"

"我们再吵下去说不定会给抓起来，哈丽雅特。你难道一点儿都不觉得这很荒唐吗？"

哈丽雅特不觉得荒唐，所以她才能厉害成这样。她坐马车的时候就构思好了这个场景，现在什么都不能让她退缩。对面前的咒骂和身后的劝解，她都无动于衷。她像备受颂扬的贺雷修斯④一样站在那儿，扼守着楼梯的两头，究竟能站多久是无从知晓了，因为给他们吵醒的那位年轻女士打开卧室的门，来到了楼梯的平台上——是阿博特小姐。

菲利普头脑里第一个明确的念头就是愤怒。被母亲操纵，受姐姐威逼，他几乎已忍无可忍。第三个女人的介入让他一下子怒发如狂，连礼貌也不顾了。他正打算把自己对这件事情的看法原原本本地说出来，但没等他开口，哈丽雅特也看见了阿博特小姐，高兴地尖叫了一声。

"是你啊，卡罗琳，真没想到你竟然会在这里！"她不顾炎热，快步冲上楼去，在朋友脸上亲热地吻了一下。

菲利普灵机一动。"哈丽雅特，你肯定有许多话要跟阿博特小姐说，她要跟你说的话恐怕也不少。那么，我就按照你的建议，去拜访一下卡雷拉先生，看看是什么情况。"

---

①②③ 原文为意大利语。
④ 贺雷修斯（Horatius），罗马传说中的英雄，曾在罗马城外台伯河的一座木桥上英勇抵抗伊特鲁里亚入侵者。

阿博特小姐含混不清地说了句什么，也不知道是问候还是表示担忧。他没有作答，也没朝她走近。他连车夫的钱都没付，就逃到了街上。

"你们俩狗咬狗去吧！"他喊道，一边冲着旅馆的门口比画起来。"让她尝尝你的厉害，哈丽雅特！让她少管我们的闲事。给她点厉害尝尝，卡罗琳！让她知道感恩图报。开打吧，两位女士。开打！"

看到他如此这般的人都觉得很有意思，但并不认为他是个疯子。谈话谈出这样的结果，这在意大利并不少见。

菲利普尽量把这件事往有趣的地方想，但就是不行——阿博特小姐现身于此，这对他本人产生了非常直接的影响。要么是她怀疑他不诚实，要么就是她自己不诚实。他更倾向于后一种猜测。说不定她已经见过吉诺，两个人还一起精心策划了什么羞辱赫里顿一家的把戏。说不定吉诺已经把孩子便宜卖给了她，权当是个玩笑，这种玩笑最合他的意。菲利普仍然记得自己上次白跑一趟时吉诺的大笑，还有吉诺是如何粗野地推得他摔倒在床上。阿博特小姐的出现无论意味着什么，这出喜剧肯定已经给毁掉了：她不会做任何有趣的事情。

他这么思忖着，没过多久便穿过小城，来到了另一头。"卡雷拉先生住在哪里？"他向海关的官员打听。

"我带你去。"一个小姑娘说，她活像是从地里冒出来的。意大利的孩子都是这样。

"她会带你去的，"海关的那几个人说着还点点头，让他放心，"你就跟着她，一直跟着他，不会出问题的。她是个值得信赖的向导。她是我的——

{ 女儿。"
表妹。"
妹妹。"

菲利普很清楚这些亲戚：他们的关系错综复杂，如有需要，足可覆盖整个意大利半岛。

"卡雷拉先生在不在家，你知道吗？"他问小姑娘。

她刚看到他回家了。菲利普点点头。他这次倒挺期待和吉诺见面：这将是一次智慧的较量，而对手并没什么智慧可言。阿博特小姐想干什么？这也是他打算搞清楚的一件事情。她和哈丽雅特摊牌的时候，他也要和吉诺摊牌。他像个外交家一样，轻手轻脚地跟在海关官员的亲戚后面。

他跟着她没走出多远。他们出发的地方已经是沃尔泰拉门，吉诺的房子就在对面。不出半分钟，他们就沿着那条羊肠小道磕磕绊绊地转下来，到了唯一能够通行的入口处。菲利普笑了，一方面是想到了莉莉娅竟然在这样的房子里住过，一方面是觉得很有自信取得成功。与此同时，海关官员的亲戚扯着嗓门大喊一声。

过了好一阵子都没人回答。然后高高的凉廊上出现了一个女人的身影。

"她是佩尔菲塔。"小姑娘说。

"我想见卡雷拉先生。"菲利普喊道。

"出去了！"

"出去了。"小姑娘得意地应声说。

"那你干吗要说他在家？"他气得简直想把她掐死。他刚才的状态正适合面谈，可以说是愤怒与敏锐兼备：热血沸腾，头脑清醒。可是在蒙特里亚诺，什么都不顺利。"他什么时候回来？"他对佩尔菲塔喊道。真是太糟糕了。

她不知道。他到外地办事去了。也许今天晚上回来，也许不回来。他去了波吉邦西。

听到这个地名，小姑娘把手指贴到鼻子上，朝着平原的方向挥了挥。她一边挥手一边唱起了歌，七百年前她的女祖先就是这么唱的——

　　　　赶跑波吉邦西人，
　　　　蒙特里亚诺城邦独立！

然后她问菲利普要半个便士。就在那年春天，有位对陈年旧事感兴趣的德国女士还给过她一个便士呢。

"我得留个便条。"菲利普喊道。

"这下佩尔菲塔要去拿她的篮子了，"小姑娘说，"她回来就会把篮子放下来——这样放。然后你把名片放进去。然后她再把篮子吊上去——这样吊。用这个办法——"

佩尔菲塔回来时，菲利普想起来该问问那个孩子。找孩子比找篮子花的时间还要长，他站在夕阳下不停地淌汗，尽可能不去闻下水道的臭味，还得阻止小姑娘唱那首讽刺波吉邦西的歌。他身旁的橄榄树上挂着一个星期——很可能是一个月——才洗一回的衣服。那件带圆点的女式衬衫真难看！他好像在哪儿见过，可是记不起来了。接着他想起那是莉莉娅的衣服，是她买了在索斯顿"打粗穿"的，后来又带到了意大利，因为"在意大利随便穿什么都行"。他曾经指责过她的这种想法。

"漂亮得像个天使！"佩尔菲塔大喊，双手把什么东西举了出来，那肯定是莉莉娅的孩子了。"可是，不知道你是哪位？"

"谢谢你——这是我的名片。"他在名片上客客气气地写了几句话，请求明天上午和吉诺面谈。不过在他把名片放进篮子、揭晓自己的身份之前，他想先搞清楚一件事。"最近有没有一位年轻女士来过这儿——一位年轻的英国女士？"

佩尔菲塔请他再说一遍：她有点耳聋。

"是一位年轻的女士——白皮肤，大高个。"

她还是没听清。

"年——轻——女——士！"

"佩尔菲塔有时候会故意装聋。"海关官员的亲戚说。最后菲利普只得承认她确实有这个怪毛病，迈步离开。到了沃尔泰拉门，他掏钱打发了那个可恶的小姑娘。她得了两枚五便士的硬币，却并不开心，一来是钱给得太多，二来是他给时显得不大高兴。他从小姑娘的那几个父辈和表亲身旁走过，无意中发现他们在互相挤眉弄眼。整个蒙特里亚诺似乎都串通好了在搞阴谋诡计，存心要出他的洋相。他又累又急，头脑昏昏沉沉，什么都搞不清楚，只知道自己什么心情都没了。他怀着这样的情绪回到意大利之星旅馆，正在往楼上走，阿博特小姐突然从二楼的餐厅里冒出来，神秘兮兮地朝他招手。

"我想去煮点茶喝。"他说，手还搭在楼梯栏杆上。

"拜托了——"

于是菲利普跟着她走进餐厅，关上了门。

"跟你说，"她开口了，"哈丽雅特什么都不知道。"

"我也一样。他出去了。"

"这有什么关系？"

他冲着她苦笑了一下。她很会搪塞，这一点菲利普以前就注意到了。"他出去了。你会发现我也一无所知，就像你把哈丽雅特蒙在鼓里一样。"

"什么意思？求你了，赫里顿先生，别搞得这么神秘，没时间了。哈丽雅特随时都会下楼，那样我们就没法在她面前统一口径了。索斯顿的情况不一样，在那里我们不得不顾及面子。可是在这里，我们必须实话实说，我相信你做得到。否则，我们永远都没法开诚布公。"

"好吧，那就让我们开诚布公吧，"菲利普边说边在房间里来回踱步，"请允许我先问你一个问题。你是以什么身份到蒙特里亚诺来的？密探，还是叛徒？"

"密探！"她毫不迟疑地回答。她说话时站在哥特式的小窗户旁边——这家旅馆以前是一座宫殿——用手指划过波浪形的装饰线条，仿佛觉得那些高低起伏既美妙又奇特。"密探。"她又说了一遍，菲利普毫不费力就问出了她的罪行，有点不知所措，竟然无言以对。"你母亲的行为自始至终都很不光彩。她从来都不想要那孩子，这其实没什么关系；可是她太傲气了，受不了由我来收养那孩子。她用尽一切办法从中作梗。她并没有毫无保留地把情况告诉你，对哈丽雅特则是什么都没说。她到处撒谎，装模作样。我无法信任你母亲。所以我才一个人来到这里——穿过欧洲大陆，谁都不知道，我父亲还以为我在诺曼底。我来这儿，就是为了刺探赫里顿夫人的行动。咱们别为这个争辩！"她这么说，是因为菲利普已经习惯性地开始斥责她言语无礼了。"如果你们来这儿是要救那孩子，我会帮助你们；如果你们是要故意把事情办砸，我就自己去救他。"

"看来是不可能让你相信我了，"菲利普结结巴巴地说，"但我可以肯定地说，我们来这儿是要救那孩子，哪怕付出再大的代价也在所不惜。我母亲在钱这方面没有设限额。我来这儿是为了执行她的指示。我认为你会赞成这些指示，因为它们几乎就是你口授下来的。可我并不赞成，它们太荒唐。"

她心不在焉地点点头。她并不在意他说了些什么。她一心只想着要把孩子从蒙特里亚诺带出来。

"哈丽雅特也是在执行你的指示，"他接着说道，"不过呢，她赞成这些指示，而且不知道它们出自于你。阿博特小姐，我认为这支救援队伍最好由你来全权指挥。我已经请求明天上午和卡雷拉先生面谈。你同意吗？"

她又点了点头。

"我能否问问你和他面谈的详细情况？也许能对我有所帮助。"

菲利普只是随口一说，没想到她却突然崩溃了，这让他很高兴。阿博特小姐的手从窗户上垂落下来，满脸通红，那可不只是给夕阳映红的。

"我跟他面谈的事——你是怎么知道的？"

"听佩尔菲塔说的，如果你感兴趣的话。"

"佩尔菲塔是谁？"

"就是放你进去的那个女人。"

"进到哪里？"

"进卡雷拉先生的家。"

"赫里顿先生！"她喊道，"你怎么能相信她呢？难道你以为，我明知那个男人是个什么东西，竟然还会迈进他的家门？依我看，对于

一位女士能做什么不能做什么，你的想法非常奇怪。我听说你还想让
哈丽雅特去。她拒绝得简直太对了。要是在一年半之前，我或许还能
做出这样的事，但我相信现在我已经懂得行事的规矩了。"

　　菲利普开始意识到，有两个阿博特小姐——一个阿博特小姐能够
只身前往蒙特里亚诺，另一个阿博特小姐到了吉诺家门口却不能抬脚
进去。这个发现很有趣。哪一个阿博特小姐会对他的下一步行动作出
反应呢？

　　"看来我是误会佩尔菲塔的意思了。那么，你是在哪儿和他面谈
的呢？"

　　"不是面谈——是偶然碰到的——我很抱歉——我本来打算让你
先和他见面的。不过这得怪你。你晚到了一天。你应该昨天就到的。
我昨天来到这里，没找着你，就去了城堡——你知道那个菜园，他们
让人进去，有梯子通向一座残破的塔楼。站在塔楼上，你可以俯瞰其
他所有的尖塔、远处的平原，还有群山。"

　　"是的，是的。我知道那座城堡。我跟你说过。"

　　"到了傍晚，我无事可做，便登上城堡去看日落。他正好在菜园
里面，那地方是他朋友的。"

　　"然后你们就说话了。"

　　"我觉得非常尴尬。但我总要说话啊，他似乎让我不得不说话。
他以为我是来游玩的，现在还这么认为。他非常有礼貌，我觉得最好
也对他客气些。"

　　"你们说了些什么呢？"

　　"天气——他说明天傍晚要下雨——还谈到了其他城镇、英国、
我自己，也说到了你几句。他竟然提起了莉莉娅。他简直太恶心了。
他装出一副很爱她的样子，还说要带我去看她的墓——他谋害的那个
女人的墓！"

　　"亲爱的阿博特小姐，他并不是杀人犯。我一直在向哈丽雅特灌
输这个观点。等到你像我一样对意大利人有了深入的了解，你就会明
白，他跟你说的一切都是真心实意的。意大利人从本质上说很戏剧

化。在他们看来，死亡和爱情就像是一出出好戏。我毫不怀疑，现在他笃定地认为，无论是作为丈夫还是鳏夫，自己的所作所为都很值得钦佩。"

"也许你是对的，"阿博特小姐说，她这是第一次有所触动，"后来我想做个铺垫——姑且这么说吧——暗示一下他的所作所为并不得体——结果呢，一点用处都没有。他根本不理解，要么就是不愿去理解。"

想到阿博特小姐站在城堡上，抱着教区牧师助理的心态跟吉诺谈话，这的确非常滑稽。菲利普的好心情又回来了，他放声大笑。

"哈丽雅特会说他没有罪恶感。"

"我觉得，哈丽雅特也许说得对。"

"如果是这样，他也许根本就没有什么罪过！"

阿博特小姐不赞赏这种轻浮的态度。"我知道他做了什么，"她说，"他怎么说、怎么想，都无关紧要。"

菲利普微微一笑，觉得她有点简单粗暴。"不过，我倒是想听听他是怎么说我的。他是不是准备热烈欢迎我？"

"哦，没有，没说这个。我没告诉他你和哈丽雅特要来。只要你愿意，完全可以给他来个突然袭击。他只是问了你的情况，还说一年半前要是对你不那么粗鲁就好了。"

"这家伙对琐碎小事倒记得清楚！"菲利普说着转过身，不想让她瞧见自己的脸。他脸上洋溢着欢乐。一年半之前，这样的道歉会让他无法忍受，现在却显得既有礼貌又让人高兴。

她还揪着这个话题不放。"当时你可不觉得那是琐碎小事。你说他对你动武了。"

"我当时很生气。"菲利普轻描淡写地说。他知道自己的虚荣心得到了满足。这句微不足道的客气话改变了他的心情。"他真的——他具体是怎么说的？"

"他说他很抱歉——语气很轻松愉快，意大利人说起这种话来都是这样。不过他一次都没提到那个孩子。"

世界突然间恢复了正常，孩子又有什么关系？菲利普笑了，为自己的笑吃了一惊，然后又露出了笑容。这是因为浪漫又回到了意大利。这片土地上没有无赖，它仍旧和以前一样美丽、文雅而可爱。而阿博特小姐——虽说她那么笨拙、那么老套，也自有她的美丽之处。她真的很关心生活，而且努力要活出个样子来。至于哈丽雅特——就连哈丽雅特也在努力。

菲利普的这个重大转变，并非源自什么重大的事情，刻薄的人说不定会因此而嘲笑他。然而，天使和其他务实的人会带着敬意接受他的转变，并且当作一件好事记录下来。

"可登上城堡观赏风景（低额小费），以日落时最佳。"他低声说。这话与其说是给她听的，倒不如说是自言自语。

"而且他一次都没提到那个孩子。"阿博特小姐又说了一遍。不过她已经回到窗户旁边，又用手指轻抚窗缘的精致曲线。菲利普默默注视着她，只觉得她比以前任何时候都吸引人。她身上融合着各种特点，真是再奇特不过。

"城堡上的风景——不是很美吗？"

"这里有什么是不美的呢？"她柔声答道，接着又说，"我要是哈丽雅特就好了。"她这句话有着不同寻常的含义。

"因为哈丽雅特——"

她不肯再说，但菲利普确信她已经对生活的错综复杂表示了敬意。不管怎样，对她来说这次远行既不轻松，也不愉快。美丽、邪恶、魅力、神秘——她尽管很不情愿，还是承认了它们全都纠缠在一起。"赫里顿先生——快过来——瞧瞧这个！"她的声音突然打破了沉默，让他精神一振。

她把哥特式窗户那儿的一摞碟子挪开，两个人靠在窗台上往外看。对面不远处简陋的房舍中间，矗立着一座宏伟的高塔。那是你的塔楼。你在塔楼和旅馆之间修起一道街垒，一下子就阻断了交通。远处街道通向教堂外空地的地方，你的亲戚梅利家族和卡波基家族也是这么干的。他们扼守着广场，你扼守着锡耶纳门。谁要是想从这两个方向冲进来，都会立即被弓箭和强弩射杀，或是被"希腊火"①烧死。不过，得小心后方卧室的窗户，它们会受到阿多布兰德斯齐家族那座塔楼的威胁，以前羽箭曾颤巍巍地钉在盥洗架的上方。要好好把守这些窗户，以防一三三八年二月的事件重演。当时，旅馆后方遭到偷袭，你最亲密的朋友——你刚刚看清是他——被敌人从楼上朝你扔了过来。

"向上它通往天堂，"菲利普说，"向下通往另一个地方。"高塔的尖顶在阳光下灿然生辉，而底座却笼罩在阴影之中，还贴满了广告。"可不可以把它看作这座小城的象征？"

她没作出任何表示，不知道有没有听懂他的话。不过两个人还是一起待在窗前，因为那儿要凉快一些，感觉非常宜人。菲利普发现这位同伴也有优雅而轻松的一面，在英国的时候他从来没注意到。她的见识浅陋得可怕，但她能意识到世间有更为广博的事物，这使得她的浅陋有了一种惹人怜惜的魅力。他并没有发觉自己也变得更优雅了。我们都有虚荣心，所以总觉得自己的性格是不可改变的，也不愿轻易承认它发生了变化，哪怕是朝好的方向转变。

居民们走出了家门，吃晚饭前他们要散散步。有一些人站在那儿，端详着贴在塔上的广告。

"那该不会是歌剧的海报吧？"阿博特小姐说。

菲利普戴上了夹鼻眼镜。"《拉美莫尔的露琪亚》。多尼采蒂②大师作品。无与伦比的演出。今晚登台。"

"可这儿有剧院吗？就在这儿？"

"当然有啊。这些人知道该怎么生活。他们什么都得有，就算不够好也比没有强。所以他们才能拥有这么多好东西。今晚的演出不论多么糟糕，肯定会很热闹。意大利人才不会默不作声地欣赏歌剧，他们跟那些讨厌的德国人不一样。观众也会参与进来——有时候还不只

---

① 东罗马帝国发明的一种液态燃烧剂，以石油为主要原料，多用于海战。
② 多尼采蒂（Donizetti，1797—1848），意大利作曲家，意大利浪漫主义歌剧乐派的代表人物。

是参与。"

"我们不能去吗?"

他斥责了她一句,不过语气并不重:"可我们来这儿是为了救孩子的啊!"

他暗骂自己不该说这句话。她脸上所有的快乐和光彩消失无踪,又变成了索斯顿的阿博特小姐——是个好人,哦,毫无疑问是个好人,但无趣得令人震惊。不仅无趣,还满心懊悔,这两个特点放在一起就要命了。菲利普徒劳无功地想把她从这种状态里拉出来,正在这时,餐厅的门打开了。

两个人吓了一跳,有点做贼心虚,好像刚才是在打情骂俏似的。他们这次面谈的结果很出人意料。愤怒、嘲讽、固执的道德观念,最后都变成了彼此之间亲切友好的感觉,对这座欢迎他们的小城也是一样。现在哈丽雅特来了——仍旧是那个刻薄、顽固的大块头,无论在意大利还是在英国都始终如一——她的性情从来都不会改变,而且总给人一种心不甘情不愿的感觉。

但哈丽雅特毕竟也是人,喝过茶之后心情也好了一些。她没责备菲利普去找吉诺却扑了个空,换作平时她早就这么做了。她对阿博特小姐说了一大堆客气话,一再惊叹卡罗琳来到意大利是世界上最幸运的巧合。卡罗琳没有反驳她。

"菲利普,你明天十点钟见他。对了,别忘记带空白支票。谈事情估计要一个小时。不行,意大利人太磨蹭,那就两个小时吧。到十二点。吃午饭。嗯——然后就没什么地方可去了,我们坐晚上的火车走。路上我可以照顾孩子,等到了佛罗伦萨——"

"我亲爱的姐姐,你不能这么一直往下安排。两个小时买双手套都不够,何况是要买孩子。"

"那就三个小时,或者四个小时,要么就让他见识见识英国人是怎么办事的。我们在佛罗伦萨找个保姆——"

"可是,哈丽雅特,"阿博特小姐说,"他如果一开始就拒绝了呢?"

"我不知道'拒绝'这个词是什么意思，"哈丽雅特傲然说道，"我已经告诉老板娘了，菲利普和我只住一晚，我们要说到做到。"

"我估计这么安排应该没问题。可我跟你说过，我觉得我在城堡上遇到的那个男人很古怪，也很难对付。"

"他对女士很无礼，这我们知道。不过，相信我弟弟能让他明白事理。菲利普，你在他家见到的那个女人要抱着孩子到旅馆来。当然，你肯定得给她几个小费。另外，如果有可能，争取把可怜的莉莉娅的银手镯拿回来。那副手镯又漂亮又素净，适合给艾尔玛戴。还有我借给她的嵌花木匣——是借，不是送——让她装手帕用的那个木匣。倒不是很值钱，不过我们只有这一次机会了。别去问他要，但如果你瞧见匣子放在什么地方，就说——"

"不，哈丽雅特，我会争取把孩子要来，别的一概不管。我保证明天去办这件事，并且按照你的意思去办。但今天晚上我们都累了，需要换个话题。我们得放松一下。我们要去看歌剧。"

"在这儿看歌剧？在这种时候？"

"很快就要去谈重要的事情了，我们恐怕没心情欣赏歌剧吧。"阿博特小姐说着，担忧地瞥了菲利普一眼。

他没有出卖她，而是说："你不觉得去看看歌剧，比整晚坐在旅馆里、心情越来越紧张要好吗？"

他姐姐摇了摇头。"妈妈不会喜欢这样的。太不合适了——简直是冒冒失失的。除此之外，外国的剧院都糟糕透顶。你难道不记得《教会之家报》上登的那些读者来信了吗？"

"但这是歌剧啊——《拉美莫尔的露琪亚》——沃尔特·司各特 [①] 爵士——经典之作，你知道的。"

哈丽雅特的脸色缓和了一些。"当然啦，欣赏音乐的机会总是很难得。演出肯定差劲得很。不过呢，也许比整晚上坐着没事干要强。

---

① 沃尔特·司各特（Walter Scott，1771—1832），英国苏格兰小说家、诗人，历史小说首创者。多尼采蒂的歌剧《拉美莫尔的露琪亚》即改编自司各特所著的同名小说。

我们没带书，我在佛罗伦萨还把钩针弄丢了。"

"好啊。阿博特小姐，你也一道去吧？"

"谢谢你，赫里顿先生。我想我应该会挺喜欢的。不过——请原谅我提出这个建议——我觉得我们不应该买便宜的坐票。"

"我的天哪！"哈丽雅特叫了起来，"我根本没想到这一点。不然我们很可能为了要省钱，跟那帮极其讨厌的家伙坐在一起。我总忘记这儿是意大利。"

"真不巧，我没带晚礼服。如果座位再——"

"哦，没关系的，"菲利普笑嘻嘻地对这两位畏畏缩缩、谨小慎微的女士说，"我们就这么去，尽量买最好的票。蒙特里亚诺没那么正式。"

于是，这个充满了决断、谋划、惊吓、战斗、胜利、失败和停火的紧张日子，最后以歌剧告终。阿博特小姐和哈丽雅特的脸上都略带愧色。她们想到了索斯顿的朋友，那些人还以为她们正在和邪恶的力量奋勇搏斗呢。如果赫里顿夫人、艾尔玛或者"后厨"的助理牧师看见这支救援小队在执行任务的第一天就去了娱乐场所，他们会怎么说？菲利普也为自己一心想去看歌剧而感到惊异。他开始发现，尽管他的同伴有点烦人，尽管他偶尔也自己跟自己过不去，他在蒙特里亚诺过得还是挺愉快的。

许多年前他来过这家剧院，当时上演的是《卡洛的姨妈》。后来剧院彻底翻修过，刷成了甜菜根和西红柿的颜色，并且在其他很多方面为这座小城增添了光彩。乐池扩大了，有些包厢装上了赤褐色的帘子，而且现在每个包厢上方都挂着一个巨大的、镶有精致边框的牌子，牌子上印着包厢的号码。舞台还配了可升降的幕布，上头画着粉色和紫色的风景，许多衣衫轻薄的女郎赫然在目，还有两位女郎躺在幕布上靠近舞台前部的位置，托着一只颜色惨白的大钟。整体效果富丽堂皇，低俗得吓人，菲利普差点忍不住叫出了声。意大利的低俗品位自有其庄严之处。它的低俗，与不知高雅为何物的国家的低俗不同，不像英国那样俗气得紧张兮兮，也不像德国那样俗气得一派盲目。这种低俗明明看到了美，却故意视而不见。然而，它还是获得了美的信任。蒙特里亚诺的这座小小的剧院，便满不在乎、神气活现地展现着这种低俗的极致。托着大钟的这两位女郎，假如能见到西斯廷教堂天顶上的那些年轻男子，也会大大方方地朝他们颔首致意。

菲利普想订个包厢，但位置好的包厢都订出去了。这次演出相当盛大，他只能将就买了正厅前排的票。哈丽雅特有点烦躁，一副拒人千里之外的样子。阿博特小姐很开心，看到什么都要夸赞一番。她唯一的遗憾就是随身没带漂亮的衣服。

"我们这样就挺好的。"菲利普说，她难得一见的虚荣心让他觉得很有趣。

"是啊，我知道。可是，漂亮的衣服收拾起来并不比难看的衣服费事。我们来意大利没必要穿得像男人一样。"

这次他没有像刚才那样回答："可我们来这儿是为了救孩子的啊。"因为他看到了一幅迷人的景象，和他多年以前看到的同样迷人——热闹的红色剧院；剧院外的尖塔、黑色大门和中世纪风格的城墙；城墙之外，是星光下的一片片橄榄树、蜿蜒曲折的白色道路、萤火虫，还有未被掀起的灰尘；而处在这一切中央的是阿博特小姐，懊悔自己不该穿得像男人一样来到这里。她这句话说得太对了。毫无疑问，她这句话说得太对了。面对神圣之地，这个拘谨、古板的女人也渐渐变得轻松自如了。

"这一切，你难道不喜欢吗？"菲利普问她。

"喜欢得要命。"两个人就这么坦率地交换了意见，让彼此确信浪漫来到了这里。

与此同时，哈丽雅特一直在冲着可升降的幕布咳嗽，这不是什么好兆头。幕布很快升起，露出舞台上雷文斯伍德的庭院，苏格兰仆人组成的合唱团纵声高唱[1]。观众纷纷打起拍子，像风中的麦子一样随着旋律左右摇摆。哈丽雅特并不喜欢音乐，但她知道该怎么听音乐。她

---

[1] 此剧背景为17世纪末的苏格兰，"拉美莫尔"与"雷文斯伍德"均系剧中地名。

含讥带讽地发出了一个声音："嘘！"

"闭嘴。"她弟弟低声说。

"我们从一开始就得站稳立场。他们在说话。"

"是挺烦人的，"阿博特小姐悄悄地说，"不过我们恐怕也不该多管闲事。"

哈丽雅特摇摇头，又嘘了一声。人们安静下来，倒不是因为不该在合唱的时候说话，而是因为对游客以礼相待是很自然的事。有那么一小会儿，哈丽雅特让整个剧院秩序井然，还冲着弟弟露出了得意扬扬的微笑。

她的成功让菲利普很恼火。他早就领会了意大利歌剧的精髓——它的目的并不在于创造幻景，而是在于娱乐观众——他不想让这场盛大的晚会变成祈祷会。不过，包厢很快坐满了人，哈丽雅特的控制力也不管用了。坐在大礼堂两头的家庭纷纷互致问候，正厅后排的观众为合唱团里的兄弟和儿子欢呼，还夸他们唱得如何如何好。露琪亚在喷泉边现身的时候，席间响起了热烈的掌声，还有人大喊："欢迎来到蒙特里亚诺！"

"可笑，幼稚！"哈丽雅特在座位上安顿下来。

"啊，她就是我们经过亚平宁山脉时碰到的那个怕热的女人，"菲利普喊道，"她以前从来没——"

"哎呀！别说了。她肯定非常粗俗。我敢说，这里会比过隧道的时候更糟糕。真希望我们没有——"

露琪亚开始歌唱，剧院里一时间寂然无声。她身材矮胖，相貌丑陋，但声音美妙动听。她演唱的时候，全场观众喃喃低语，活像一窝快乐的蜜蜂。她唱出的整段花腔女高音都伴随着声声赞叹，最高音淹没在全场爆发出的热烈欢呼之中。

歌剧演出继续进行。歌唱家从观众中汲取灵感，那两段著名的六重唱也演绎得相当不错。阿博特小姐沉浸在歌剧的氛围之中，和其他观众一样说啊，笑啊，又是鼓掌，又是要求加演，为美的存在而感到欣喜万分。菲利普呢，他忘记了他的任务，也忘记了自己。他甚至已不再是一位热情的游客，因为他的心从来没离开过这个地方。这里就是他的家。

哈丽雅特则像在一个更为著名的场合下的包法利夫人那样，想搞清楚歌剧的情节。她偶尔用胳膊肘捅捅两位同伴，问他们沃尔特·司各特后来怎么样了。她沉着脸环顾四周。观众发出的声音像是喝醉了酒，就连向来滴酒不沾的卡罗琳，也在奇怪地晃来晃去。全都由些许小事引起的阵阵激动的声浪，飞快地传遍整个剧院。气氛在露琪亚发疯的那一幕达到了高潮。穿着一袭白衣的露琪亚（这身衣服正符合她的疯病）突然拢起散乱的头发，向观众鞠躬致意。这时，从舞台后面——她假装没看见——推出来一个类似竹制晾衣架的东西，上面插满了花束。这东西丑陋无比，花大部分也是假的，这一点露琪亚知道，观众也知道。大家都知道这个晾衣架只是个道具，年复一年地把它推出来是为了让演出进行下去。但它还是掀起了最为强烈的激情。露琪亚惊喜交加地尖叫一声，抱住那个道具，抽出一两支可堪使用的花朵，贴到唇边，然后扔给她的那些崇拜者。他们又大呼小叫地把花扔回去，舞台旁边一间包厢里的小男孩抓起姐姐的康乃馨就往台上扔。"多可爱啊！"歌唱家喊道。她冲向小男孩跟前吻了吻他。这时，剧院里的喧闹声已震耳欲聋。"安静！安静！"坐在后排的许多老先生喊道，"让这位可人儿接着唱！"但旁边几个包厢里的小伙子还在恳求露琪亚也像这样向他们致意。她以一个幽默而富有表现力的手势拒绝了。其中的一个小伙子朝她扔了一束花，她一脚把它踢开。接着，在观众高声欢呼的鼓舞下，她捡起花束，扔向台下。哈丽雅特一向运气不好。花束正好砸中她的胸口，一封小小的情书掉了出来，落在她的腿上。

"竟然说这是经典之作！"她喊道，从座位上站起来。"简直太不像话了！菲利普！快带我出去。"

"这是谁的？"她弟弟高声问道，一手举着花束，一手举着情书，"这是谁的？"

全场哄堂大笑，有一间包厢骚动得特别厉害，好像有个人给拽到了前面。哈丽雅特沿着通道往前走，还非得让阿博特小姐跟着她。菲利普落在最后，仍旧在边笑边喊："这是谁的？"他陶醉在兴奋之中，闷热、疲惫和快乐让他的脑袋晕晕乎乎。

"在左边！"观众喊道，"多情种子在左边。"

菲利普抛下两位女士，向那个包厢冲去。一个小伙子俯身趴在栏杆上。菲利普举起花束和情书递给他。这时，他的两只手被亲热地抓住了。一切都显得那么自然。

"你怎么不给我写信？"小伙子大喊。"干吗要搞突然袭击？"

"哦，我写了，"菲利普兴高采烈地说，"今天下午我给你留了个便条。"

"安静！安静！"观众有点受够了，纷纷喊起来，"让可人儿接着唱！"阿博特小姐和哈丽雅特已经不见踪影。

"不行！不行！"小伙子嚷道，"现在你可别想溜走。"他这么说是因为菲利普有气无力地拽了几下，想挣脱他的手。几个友善的年轻人从包厢里探出身子，邀请菲利普进去。

"吉诺的朋友就是我们的——"

"朋友？"吉诺大声说，"是亲戚！兄弟！菲利普兄弟，大老远从英国来，也不写封信。"

"我留了张便条。"

观众开始发出嘘声。

"上来，跟我们一起。"

"谢谢你们——女士们——没时间了——"

然后他就给拽住胳膊，悬在了空中。紧接着，他一下子越过栏杆进了包厢。乐队指挥看到这个小插曲已经结束，便举起了指挥棒。剧院里一片肃静，拉美莫尔的露琪亚又唱起了她的疯狂与死亡之歌。

菲利普压低声音，跟刚才拉他上来的几个友善的年轻人打了招呼——他们好像是商人的儿子，要不就是医学生，或者是律师事务所的职员，也可能是别的牙医的儿子。在意大利你别想搞清楚谁是谁。当晚的贵客本来是一名列兵，现在他和菲利普分享了这份荣誉。他们俩肩并肩站在前面，寒暄了一番。吉诺身为东道主，态度既彬彬有礼，又透着令人愉快的亲热劲儿。按说菲利普看到自己弄出的混乱局面，应该会感到一阵恐慌。但恐慌总会过去，他们那亲切、开心的说话声，永远不会令人乏味的开怀大笑，还有从背后轻拍他胳膊的动作，仍旧会让他深深着迷。

直到歌剧即将结束，男主角埃德加多在祖先的坟墓间纵声歌唱，菲利普才得以脱身。新认识的几位朋友约他明晚在加里波第咖啡馆见面。他答应了，接着又想起如果按照哈丽雅特的计划行事，到那时他已经离开蒙特里亚诺了。"那就上午十点吧，"他对吉诺说，"我想单独和你谈谈。十点钟。"

"没问题！"对方笑着说。

菲利普回到旅馆的时候，阿博特小姐还在等他。哈丽雅特好像一回来就上床睡觉了。

"是他，对吧？"阿博特小姐问道。

"对啊，还真是他。"

"我估计你们什么事都没定吧？"

"没有，怎么定得下来呢？事实上——唉，我有点措手不及，不过这又有什么关系呢？没有任何理由表明我们不能轻松愉快地把这件事办成。他是个很有魅力的人，他的那些朋友也一样。现在我成了他的朋友——他失散多年的兄弟。这有什么坏处呢？我跟你说，阿博特小姐，在英国是一回事，在意大利又是另一回事。在英国，我们要精心谋划，还得站在道德的制高点上。到了这里，我们才发现自己有多么愚蠢，因为事情办起来轻松得很，不用费劲就自行解决了。啊，多么美好的夜晚！你以前见过如此纯粹的紫色夜空、如此璀璨的银色星星吗？就像我刚才说的，为这事发愁简直太可笑了。他并不是什么阴险狡诈的父亲。他和我一样，根本不想要那个孩子。他一直在捉弄我那亲爱的母亲——就像一年半之前他捉弄我那样，而我已经原谅他了。哦，他真有幽默感啊！"

阿博特小姐也度过了一个美妙的夜晚。她也确实不记得自己见过这样的夜空、这样的星星。她的脑袋里同样回荡着音乐，那天夜里她打开窗户，一股温暖而甜美的气息便溢满了房间。她的心灵和身体都沐浴在美好之中，开心得睡不着觉。她以前像这样开心过吗？有过的，有过一次，就在这里，在三月的一个夜晚，吉诺和莉莉娅跟她说他们彼此相爱的那个夜晚——现在她来，就是为了消弭那个夜晚的罪恶。

　　她突然羞愧地叫了一声。"这一次——同样的地方——同样的事情"——然后她便开始遏制自己的快乐，心知这快乐是一种罪过。她来这里，是为了和这个地方斗争，为了拯救一个至今仍纯洁无瑕的幼小灵魂。她来这里是为了捍卫道德和纯真，捍卫一个英国家庭的神圣生活。去年春天，她因为无知而犯下罪过，现在她已不再无知。"帮助我吧！"她喊道，一边关上了窗户，仿佛周围的空气蕴含着魔力。但那些旋律还在她脑海中盘旋不去，一整夜她都给阵阵音乐、掌声和欢笑搅得心神不宁，还听到愤怒的年轻人在高唱旅游指南里的那两句诗：

　　　　赶跑波吉邦西人，
　　　　蒙特里亚诺城邦独立！

　　她发现波吉邦西就像他们歌中唱的那样，是一个无趣而落伍的地方，到处都是装腔作势的人。一觉醒来，她明白了，那地方其实是索斯顿。

第七章

第二天上午九点钟左右，佩尔菲塔来到屋外的凉廊上。她不是去看风景的，而是朝着风景泼了些脏水。"真对不起！"佩尔菲塔惊叫一声，因为脏水溅到了一位高个子的年轻女士身上，她在楼下敲门已经敲了一阵子了。

"卡雷拉先生在家吗？"年轻女士问道。事情跟佩尔菲塔没关系，她无需惊慌，而这位来客风度翩翩，看样子需要用到会客室。于是她打开百叶窗，在一把马鬃填塞的椅子上掸出一圈干净的地方，招呼那位女士屈尊就座。然后她跑到蒙特里亚诺城里，沿着大街小巷高声叫唤，直到她年轻的主人听见为止。

会客室是专供纪念亡妻的地方。她闪闪发亮的肖像画挂在墙上——毫无疑问，这张肖像从各个方面看都跟将要贴在墓碑上的那张一模一样。画框上头钉着一小块黑纱，以增添哀悼的肃穆之感。但钉子已经掉了两颗，现在这黑纱显得很轻佻，活像醉鬼头上戴了顶女帽。钢琴上摊开了一首美国黑人感伤歌曲的乐谱，一张桌子上放着《意大利中部》旅游指南，另一张放着哈丽雅特的那只嵌花木匣。每一件东西都落着厚厚的白色灰尘，就算这件纪念物上的灰给吹掉了一些，也只会落到另一件纪念物上。被人带着爱意怀念固然很好，被彻底遗忘也没有那么可怕。但如果我们要憎恨这世界上的什么东西，就应该去憎恨那用来祭奠死者却阒无一人的房间。

阿博特小姐没有坐下来，一方面是因为椅套里可能藏着跳蚤，一方面是因为她突然觉得有点晕眩，扶着炉子的烟囱站着倒舒服一些。她竭力控制着自己，因为她需要保持非常冷静的态度。惟有如此，她才能证明自己的行为是正当的。她背弃了菲利普和哈丽雅特的信任：她打算抢在他们之前来要那个孩子。如果失败，她恐怕再也无颜面对他们了。

"哈丽雅特和她的弟弟，"她思忖着，"并没有意识到他们所面对的是什么。哈丽雅特会高声恫吓，粗暴无礼；菲利普则会和和气气，把这事当成一个玩笑。他们两个就算提出要给钱，也会失败的。不过，我渐渐摸清楚那个男人的脾性了。他不爱那个孩子，但对这件事非常敏感——这对我们来说也很不利。他很有魅力，但绝不是傻瓜。他去年征服了我，昨天又征服了赫里顿先生。我如果不小心在意，他今天就会征服我们所有人，那孩子也只好在蒙特里亚诺长大成人了。他非常厉害，莉莉娅发现了这一点。但现在，记得这一点的只有我一个人。"

她的这次尝试，以及支持她来尝试的理由，是辗转反侧、苦苦思索了一整夜的结果。阿博特小姐最后认为只有她一个人能和吉诺较量，因为只有她一个人了解他。临走前她给菲利普留了张便条，尽可能委婉地表达了这个想法。写便条的时候她非常难过，一来是因为她所受的教育就是要尊重男性；二来是因为经过了上一次奇特的面谈，她对菲利普有了许多好感。他的褊狭是可以消除的，而且她渐渐发现，他在索斯顿招致许多非议的所谓"离经叛道"，其实和她自己常有的某些观点相去不远。只要他能原谅她现在所做的事情，今后他们俩就有可能建立起长久而颇有裨益的友情。但是她必须成功。如果不成功，谁也不会原谅她。她准备同邪恶的势力开战。

她终于听到了对手的声音，那家伙像个专业演唱家似的，在毫不畏怯地纵声高唱。在这方面他与英国人不同，英国人对音乐总是略有反感，唱歌时嗓子放不开，还带着歉意。他走上楼梯，朝开着房门的会客室望了望，却没看见她。她的心怦怦狂跳，喉咙发干，只见他转身走进对面的房间，嘴里还唱着歌。没给他看见，这真叫人心慌。

吉诺没关房门，她隔着楼梯平台能看到里面的情况。屋子一塌糊涂，乱得吓人。大桌子和地板上到处都是吃的东西、床单、漆皮靴子、脏盘子和刀子。但这种杂乱充满了生活的气息，而不是无人居住造成的。乱归乱，总比她此刻所在的这间藏骸所要好。那个房间的光线柔和而明亮，仿佛是从某个仁慈而高贵的开口透进来的。

他不唱歌了，大声喊道："佩尔菲塔在哪儿呢？"

他背对着她，点起了一根雪茄。他不是在跟阿博特小姐说话。他根本不知道她会来。从两扇打开的房门和中间的楼梯平台望过去，他显得既遥远又意味深长，就像是舞台上的演员，让人觉得很亲切，却可望而不可即。她无法大声呼唤他，正如她无法呼唤台上的哈姆雷特一样。

"你知道的！"他继续说，"但是你不肯告诉我。你就是这样。"他靠在桌子上，吐出一个大大的烟圈。"你为什么不肯把号码告诉我？我梦到了一只红毛母鸡——那代表二百零五；还梦到了一个意外来访的朋友——那应该是八十二。不过，这个星期我想试试三个号码一组的。所以，再告诉我一个号码吧。"

阿博特小姐对抽彩票一窍不通。他的话把她吓坏了。她隐约觉得有点动弹不得，就像我们疲乏的时候那样。昨晚她要是睡得好，刚才一看见他就会跟他打招呼。现在不可能了。他已经进入了另一个世界。

她看着他吐出的烟圈。烟圈随着微风缓缓离开他身旁，又囫囵个儿地飘到了楼梯的平台上。

"两百零五——八十二。不管怎样，我要拿它们去押巴里①，而不是佛罗伦萨。我没法告诉你为什么。我感觉这个星期就该是巴里。"她又想开口说话，但烟圈把她给迷住了。它变成了一个巨大的椭圆形，从会客室的门口飘了进来。

"啊！反正你不在乎，只要能赚到钱就行。你连一句'谢谢你，吉诺'都不愿说。快说，要不然我就把烫烫的、滚烫的烟灰弹到你身上。'谢谢你，吉诺——'"

烟圈那淡蓝色的圆环向她逼近。她失去了自制。它把她包围住了，仿佛是地狱中发出的呼吸。她尖叫起来。

吉诺跑过来，问她给什么东西吓到了，怎么会来到这里，为什么

---

① 巴里（Bari），意大利西南部港口城市。

一直不说话。他扶着她坐下，给她拿来了酒，她拒绝了。对着他，她一个字都说不出来。

"怎么回事？"他又问了一遍。"什么东西吓到你了？"

他也给吓得够呛，黝黑的皮肤上渗出了汗水。被人监视是很严重的事。确信身旁无人的时候，我们都会流露出某种奇怪而私密的东西。

"我有事情——"她终于说道。

"有事情要跟我谈？"

"非常重要的事情。"她躺在满是灰尘的椅子上，面色苍白，浑身无力。

"你得恢复过来才能谈事情；这种葡萄酒可是最好的。"

她有气无力地拒绝了。他还是倒了一杯。她喝了。喝酒的时候，她觉得有点难为情。不管事情多么重要，她也不该上门来找他，更不该接受他的款待。

"也许你很忙，"她说，"再说我也不是很舒服——"

"你不舒服，不能马上就回去。我也不忙。"

她紧张地望了望另一个房间。

"啊，现在我明白了，"他大声说，"现在我知道是什么东西吓到你了。但你刚才怎么不说话呢？"他带着她走进自己住的房间，把手一指——婴儿就在那儿。

关于这个婴儿她想了那么多，比如他的幸福，他的灵魂，他的品性，他可能有什么缺陷。然而，和大多数尚未结婚的人一样，她所想到的婴儿只是一个词而已——正如健康的人只会想到死亡一词，而不是死亡本身。睡在一块脏毯子上的这个真实的小东西，让她有点仓皇失措。他不再代表任何抽象的原则。他是那么的有血有肉，每一寸身长、每一分体重都蕴含着生命的活力——他是一个男人和一个女人奉献给这世界的事实，一个伟大的、毋庸置疑的事实。你可以跟他说话。以后他也会回答你；再以后他要是不愿意就不回答你，但是他的身体会生发出自己的思想和美妙的热情。他仿佛是一台机器，这一个月以来，她、赫里顿夫人、菲利普和哈丽雅特都把各不相同的理想寄托在这台机器上，要决定它今后是往这个方向走还是那个方向走，应该达成这个目标而不是那个目标。他应该加入低教会派，应该道德高尚、处事圆融，要有绅士风度，还得有艺术修养——这些都是很优秀的品质。然而，此刻她看见这个婴儿，看着他躺在脏毯子上酣睡，心中却涌起了一种强烈的愿望：她不想把任何理想强加在他身上，也不想对他施以任何影响，除了吻一吻他，或是发自内心地为他作最为含蓄的祈祷。

但是她一向奉行自律，她的想法还没有通过行动表现出来。为了找回自尊，她竭力想象她就在自己的教区，并据此作出相应的行动。

"多漂亮的孩子啊，卡雷拉先生。你跟他说话，这可真好。不过我瞧这个不识好歹的小东西是睡着了！七个月了吧？不对，八个月，当然是八个月。不过，八个月大的孩子长成这样，真够漂亮的。"

意大利语很难传达出居高临下的态度。她这一番屈尊附就的话，说出口竟显得亲切而真诚，吉诺高兴地笑了。

"你别站着。我们到凉廊上去坐坐，那儿凉快。屋子里太乱了。"他补充了一句，口气倒像是一位女主人为客厅地毯上冒出了一个线头而表示歉意。阿博特小姐小心翼翼地走到椅子旁边。吉诺跨坐在她身旁的矮墙上，一只脚悬在凉廊里面，另一只脚在外面的风景中晃荡。他侧着脸，在对面雾蒙蒙的青山衬托之下，脸部漂亮的轮廓显得很有美感。"摆姿势！"阿博特小姐心想，"天生就是给艺术家当模特的料。"

"赫里顿先生昨天来过，"她开口了，"可是你出去了。"

他解释了一番，话说得既详细又得体。他昨天到波吉邦西去了。赫里顿家的人为什么不给他写信呢？要是写了信，他就可以像模像样地招待他们了。波吉邦西什么时候去都行。不过，他去那儿办的事情还是挺重要的。她能猜到是什么事吗？

很自然，她对这个没多大兴趣。她从索斯顿远道而来，可不是为了猜他为什么要去波吉邦西。她礼貌地回答说不知道，把话题又拉回到她的任务上。

"猜猜看嘛!"他坚持说,两手一拍把栏杆夹在中间。

她略带讽刺地说,也许他到波吉邦西是为了找点事情做。

吉诺暗示她,去那儿的原因还没那么重要。找点事情做——简直就不可能!"没有这个!①"他说着捏起大拇指和食指搓了搓,表示他没钱。然后他叹了口气,又吐出一个烟圈。阿博特小姐振作精神,和他兜起圈子来。

"这房子,"她说,"真是一座大房子。"

"没错,"他沮丧地回答说,"我那可怜的妻子去世后——"他站起身走进屋子,穿过楼梯平台来到会客室门口,恭恭敬敬地关上了门。然后他伸脚踢上起居室的门,轻快地回到自己原来坐的地方,接着刚才的话说道:"我那可怜的妻子去世后,我想过让家里的亲戚来这儿住。我父亲情愿放弃在恩波利的行医业务,我的母亲、妹妹和两个姨妈也愿意过来。但这样行不通。他们有他们的一套处事方式,小的时候我都可以接受。但现在我是个成年人了。我有自己的处事方式。你明白吗?"

"嗯,我明白。"阿博特小姐说着想起了自己亲爱的父亲。在一起生活了二十五年之后,父亲的那些花招和习惯已经有点让她心烦。不过,她想起自己来这儿可不是为了同情吉诺的——无论如何,她都不能表露出同情的态度。她还提醒自己,这个人不值得同情。"真是座大房子。"她又说了一遍。

"大得要命。得交多少税啊!但以后情况会好一点,等到——啊!你还没猜到我为什么要去波吉邦西呢——菲利普来的时候我为什么不在家。"

"我猜不到,卡雷拉先生。我来是有正事的。"

"试试看嘛。"

"我猜不到。我一点都不了解你。"

---

① 原文为意大利语。

"但我们是老朋友啊，"他说，"你如果赞成，我将非常感激。以前你赞成过我的事。现在你会赞成吗？"

"我这次不是以朋友的身份来的，"她硬邦邦地答道，"卡雷拉先生，不管你要做什么事，我恐怕都不会赞成。"

"哦，小姐！"他哈哈大笑，似乎觉得她又泼辣又有趣。"结婚你肯定是赞成的喽？"

"前提是得有爱情。"阿博特小姐狠狠地瞪着他说。这一年来他的脸变了样子，但倒没变丑，这真令人费解。

"前提是得有爱情。"他很有礼貌地重复了一遍英国人的观点。然后他笑嘻嘻地看着她，等着她向他道喜。

"照这么说，你又打算结婚了？"

他点点头。

"那我就不允许你结婚！"

他一脸困惑，旋即把这话当成了外国式的玩笑，哈哈大笑起来。

"我不允许你结婚！"阿博特小姐又说了一遍，这几个字迸发出了她身为女性和英国人的无限愤慨。

"为什么啊？"他皱着眉头，蹦了起来。他的声音尖利而急躁，就像个突然被收走玩具的小孩子。

"你已经毁掉了一个女人。我不允许你再毁掉另一个。莉莉娅去世都还没到一年。那天你还在我面前装出一副很爱她的样子。那就是谎言。你想要她的钱。这个女人也有钱吧？"

"那当然！"他气呼呼地说，"有一点。"

"我猜你也会说你很爱她吧？"

"我不会说的。那么说不是真心话。现在我可怜的妻子——"他打住了，发觉这么比较会给自己带来麻烦。事实上，他以前总觉得莉莉娅跟别人一样讨人喜欢。

听到死去的朋友最后又遭到了侮辱，阿博特小姐怒不可遏。不管怎样，能对这个小伙子发这么大的脾气，她觉得很快意。她满脸通红，心怦怦狂跳，滔滔不绝地说了一大通。话说完了，如果今天要谈的正事已经办好，她大可以高傲地拂袖而去。但那个婴儿还在，还躺在脏兮兮的毯子上睡觉。

吉诺站在那里挠着头皮，若有所思。他很尊重阿博特小姐，也希望她能尊重他。"这么说，你不建议我结婚？"他愁眉苦脸地说，"但这桩婚事为什么就会失败呢？"

阿博特小姐努力提醒自己，吉诺其实还是个孩子——但这孩子却具有一个声名狼藉的男人的气力和情绪。"没有爱情，怎么可能成功呢？"她严肃地说。

"但她确实是爱我的！我忘记告诉你了。"

"真的啊。"

"爱得很热烈。"他把手贴在心口。

"那么，愿上帝帮助她！"

他不耐烦地跺了跺脚。"小姐，我说什么你都不高兴。上帝应该帮助你才对，你太不公平了。你说我虐待我亲爱的妻子。不是这样的。我从来没有虐待过任何人。你指责这次婚姻没有爱情。我证明爱情是有的，你反倒更生气了。你想怎么样？你以为她会不满意吗？能得到我，她够高兴的了。而且她会很好地履行她的职责。"

"她的职责！"阿博特小姐嚷道，用上了力所能及的最尖刻的语气。

"当然啦。她知道我跟她结婚是为了什么。"

"就为了做莉莉娅没能做到的事！当你的管家，你的奴隶，你——"她想说的话太过激烈，实在难以启齿。

"当然是为了照顾孩子啊。"他说。

"孩子——？"她都忘记了孩子的事。

"这是一桩英国式的婚姻，"他自豪地说，"我不在乎钱多钱少。我娶她是为了我的儿子。你没弄明白吗？"

"没有。"阿博特小姐说，她完全糊涂了。过了一会儿，她才明白过来。"卡雷拉先生，你没必要这样。既然你厌烦这孩子——"

此后每每回想起来，她都庆幸自己立刻意识到了这句话的错误。

"我不是这个意思。"她急忙加了一句。

"我知道，"他彬彬有礼地答道，"啊，说外语（你的意大利语说得多好啊！）难免会有口误。"

她端详着他的脸，显然他没有任何讽刺的意思。

"你的意思是，我不可能总和他待在一起。你说得对。该怎么办呢？我请不起保姆，佩尔菲塔做事又太粗鲁。孩子生病的时候，我都不敢让她碰他。他要洗澡的时候——时不时就要洗——谁来给他洗呢？我喂他吃东西，要么就把他吃的东西安排好。我陪他睡觉，夜里他要是哭闹了我就哄他。除了我，没人跟他说话，也没人给他唱歌。这次你可不要冤枉人。我喜欢做这些事情。不过呢（他的语气变得很可怜），做这些事要花许多时间，而且让一个年轻男人来做也不太合适。"

"确实不太合适。"阿博特小姐说着，疲惫地闭上了眼睛。每一刻她都觉得事情越来越难办。她真希望自己没这么疲乏，没这么容易产生相互矛盾的印象。她渴望能像哈丽雅特一样愚钝得油盐不进，或是像赫里顿夫人一样圆滑得冷酷无情。

"再来点葡萄酒吧？"吉诺亲切地问道。

"哦，不要了，谢谢你！不过卡雷拉先生，结婚是至关重要的一步。你难道不能用更简单的法子来解决问题吗？比如，你的亲戚——"

"去恩波利？！我宁可把他送到英国去！"

"那就送到英国好了——"

他放声大笑。

"你知道，孩子的外婆在那儿——西奥博尔德夫人。"

"他的奶奶在这儿。不，他是挺麻烦的，但我必须把他留在身边。我甚至不愿意让我的父母来照顾他。他们会把我们分开的。"他又加了一句。

"怎么会呢？"

"他们会让我们的思想产生隔阂。"

她沉默了。这个残忍而邪恶的家伙，也有着奇怪的、细腻的一面。邪恶的人也有爱的能力，这个可怕的事实赤裸裸地呈现在她面前，让她的道德心困窘难安。她的责任是拯救孩子，保护他不受恶的沾染，而且她仍然打算履行这个责任。然而，她那怡然自得的道德感已彻底消失。她现在所面对的问题，比孰是孰非重要得多。

吉诺忘记了这是在谈事情，被阿博特小姐唤起的天性驱使着他信步回到房间。"醒醒！"他冲着孩子喊道，就好像是在喊一个成年的朋友。然后他抬起一只脚，轻轻踩在孩子的肚皮上。

阿博特小姐叫了起来："哎呀，当心！"她对这种叫醒小孩子的方法很不习惯。

"他比我的靴子长不了多少，对不对？你能相信吗，以后他自己也会穿上这么大的靴子？他还会——"

"可是，你应该这样对待他吗？"

他站在那里，一只脚搭在孩子小小的身体上，突然陷入了沉思，满心希望儿子能像他一样，希望儿子还能生下像他一样的孙子，希望他的子子孙孙能遍布世界。这是一个男人所能产生的最为强烈的愿望——如果他有愿望的话，甚至比爱欲或是让自己长生不老的愿望还要强大。所有的男人都会以此自吹自擂，宣称他们有这样的愿望，但大多数人的心思并没有放在这个地方。只有个别人才明白，源于他身体和精神层面的生命，将永远延续下去。阿博特小姐有许多美德，却无法理解这一点，虽说这种事情女性理解起来应该更容易。吉诺指了指自己，又指着孩子说："父亲——儿子。"她还以为他是在絮絮叨叨地哄孩子，只是机械地笑了笑。

那孩子——吉诺最初的成果——醒了，瞪眼望着她。吉诺没跟孩子打招呼，继续阐述着他的计划。

"这个女人会完全照着我的吩咐做事。她喜欢孩子。她很干净，声音也好听。她长得不漂亮，这我决不能跟你说假话。不过，我需要的正是她这样的人。"

孩子尖声哭了起来。

"哦，千万小心啊！"阿博特小姐恳求说，"你踩着他了。"

"没事的。他哭起来要是没声音，那就吓人了。他以为我要给他洗澡呢。猜得没错。"

"给他洗澡！"她嚷了起来，"你？在这儿？"这件家常琐事，似乎把她的全盘计划打得粉碎。她花了足足半个小时，煞费苦心地兜圈子，从道德的制高点发起进攻，结果既没吓住她的敌人，也没让他发火，甚至没有对他的家庭生活产生一丝一毫的影响。

"我去了药房，"他接着说道，"正舒舒服服地坐在那儿，突然想起佩尔菲塔一个小时前烧好了水——瞧，就在那边，用垫子焐着呢。我赶紧回来了，因为他确实得洗澡了。请你原谅，我不能再拖了。"

"我浪费你的时间了。"她有气无力地说。

他步伐坚定地走到凉廊上，拖回来一只大陶盆。盆里面很脏，他用一块桌布掸了掸。然后他拿来装着热水的铜壶，把水倒进陶盆，又加上凉水。他把手伸进衣袋摸了摸，掏出一块肥皂。然后他叼着雪茄，抱起孩子，开始解他的襁褓。阿博特小姐转身要走。

"你干吗要走呢？请原谅，我们说话的时候我得给他洗澡。"

"我没什么要说的了。"阿博特小姐说。她现在所能做的就是找到菲利普，向他承认自己一败涂地，请求他出面争取更好的结果。她暗骂自己软弱无能，还渴望祖露这种缺点，既不为自己辩解，也不哭哭啼啼。

"哦，等一下啊！"吉诺喊道，"你还没看到他呢。"

"我想看的都看到了，谢谢你。"

最后一层布滑落下来，他用双手把那个乱踢乱蹬的古铜色小东西举到她面前。

"抱抱他！"

她不肯碰那孩子。

"我必须马上走。"她喊道，因为泪水——不合时宜的泪水——已经涌入了眼眶。

"谁会相信他的妈妈是金头发白皮肤呢？他全身都是褐色——每

一寸都是。啊，可是他多漂亮啊！他是我的，永远是我的。哪怕他恨我，他也是我的。他没法改变这一点。他是从我身上创造出来的。我是他的父亲。"

现在要走已经太晚了。她说不清为什么，但就是太晚了。吉诺把儿子举到嘴边亲吻的时候，她转开了脸。这和婴儿室里的美好画面相去太远。这个男人很高贵，他是大自然的一部分。在任何普通的爱情场景下，他都不可能如此高贵。因为有一种奇妙的血缘关系把父母和子女连在一起，然而可悲又奇怪的讽刺之处在于，这种关系却并没有把我们这些做子女的和父母连在一起。如果不是这样，如果我们不是以感激之情，而是以同等的爱去回报父母对我们的爱，生活中就会少去许多痛苦、少去许多龌龊，我们就会无比幸福。吉诺亲热地抱着孩子，阿博特小姐心存敬意地转开了视线——他们两个人都不是非常热爱自己的父母。

"我能帮你给他洗澡吗？"她谦卑地问道。

吉诺没说话就把儿子递给了她，他们肩并肩跪下来，卷起了袖子。孩子现在不哭了，胳膊直动，小腿乱蹬，快活得不得了。阿博特小姐身为女人，只要能洗洗涮涮就很开心，尤其是碰到给人洗洗干净的时候。她长年在教区服务，经验很丰富，知道该怎么照顾婴儿，很快吉诺就不再指导她了，只是对她连声道谢。

"你真是太好心了，"他低声说，"何况你还穿着这么漂亮的衣服。他差不多已经洗干净了。哎呀，我给他洗澡得用整整一上午！照顾小孩子有许多意想不到的麻烦事。佩尔菲塔给他洗澡就像洗衣服一样，洗完之后他得叫唤好几个小时。我妻子的手可得轻一点。啊，瞧他踢得多有劲儿！水溅到你身上了吧？真对不起。"

"我现在需要一条软毛巾。"阿博特小姐说。这么帮忙洗着，她莫名其妙地开心起来。

"当然！当然！"他大步朝一个柜子走去，一副心中有数的模样。但他根本不知道软毛巾放在哪里。他随手抓起一块干布，在孩子身上胡乱擦了几下。

"有爽身粉的话也拿过来。"

他绝望地拍了拍脑门。看来家里备的爽身粉刚刚用完。

她牺牲了自己的干净手帕。吉诺帮她在凉廊上摆好一把椅子，凉廊方向朝西，这会儿仍然凉爽怡人。阿博特小姐坐了下来，身后是二十英里的风景。他把还滴着水的婴儿放在她膝头。婴儿现在浑身光溜溜的，又健康又漂亮，似乎像铜器一样能反光。这样的一个婴儿，到了贝利尼 ① 笔下会慵懒地躺在母亲怀中；西诺雷利 ② 会让他在铺着大理石的地面上扭动着身子；洛伦佐·迪·克雷蒂 ③ 则会以更有敬意而淡化神性的方式，小心地把他安放在鲜花丛中，头枕着一束金黄的麦草。吉诺站在那里端详了他们一会儿。后来，为了能看得更清楚一点，他在椅子旁边跪下来，合起双手放在胸前。

菲利普进来的时候，他们还保持着这样的姿势。菲利普所看到的，简直就是活灵活现的圣母、圣子和捐赠者 ④ 。

"各位好！"菲利普大声说。他发现气氛如此快乐祥和，觉得很高兴。

阿博特小姐没跟他打招呼，而是踉跄着站起身，把婴儿递给了他的父亲。

"别走啊，请等一下！"菲利普低声说，"我收到你的便条了。我没有生气。你说得挺对的。我确实很需要你，这事情我一个人根本办不成。"

她什么话都没说，却举起双手捂住了嘴，就像突然感到痛苦难当的人一样。

"小姐，再待一会儿吧——你帮了这么多忙。"

她突然哭了起来。

---

① 贝利尼（Giovanni Bellini，1429—1507），意大利文艺复兴时期画家，威尼斯画派奠基人之一，多作圣母像。

② 西诺雷利（Luca Signorelli，1445—1523），意大利文艺复兴时期画家，主要作品有《世界末日》《末日审判》等。

③ 洛伦佐·迪·克雷蒂（Lorenzo di Credi，1458—1537），意大利文艺复兴时期画家、雕塑家。

④ 即订购画作的人。中世纪及文艺复兴时期人们向画家订购宗教画作时，经常要求把自己也绘入画中。

"怎么啦?"菲利普关心地问道。

她想要说话,但没说出口就走了,哭得非常伤心。

两个男人面面相觑。他们同时心中一动,跑到了凉廊上,刚好看见阿博特小姐消失在树丛中。

"怎么啦?"菲利普又问了一遍。吉诺没有回答,不知为什么菲利普也不希望有人回答。发生了什么他根本无法理解的怪事。他要是想弄清原委,就只能去找阿博特小姐。

"对了,你还有事要谈呢。"吉诺困惑不解地叹了口气,说道。

"我们的事——阿博特小姐已经告诉你了。"

"没有。"

"可是她肯定——"

"她来是有事要谈。但她忘记了,我也忘了。"

这时候,特别擅长跟别人错过的佩尔菲塔回来了。她高声抱怨蒙特里亚诺地方太大,街道又那么复杂难认。吉诺让她照看着孩子。然后他递给菲利普一支雪茄,两个人谈起了正事。

第八章

"疯了！"哈丽雅特尖声叫道，"绝对是疯了！彻底疯了！都疯到家了！"

菲利普觉得这时候最好不要反驳她。

"她到这儿来干什么？回答我。她八月份跑到蒙特里亚诺来干什么？她为什么不待在诺曼底？回答我。她不肯回答。我能回答：她来就是为了阻挠我们。她出卖了我们——她把妈妈的计划摸得一清二楚。哦，天哪，我的头好疼！"

菲利普很不明智地接了话："你不能这么指责她。她确实很让人恼火，但她来这儿并不是要出卖我们。"

"那她为什么要来这儿？回答我。"

他没回答。幸好他姐姐激动得过了头，根本没等他回答。"冲进来找我——哭哭啼啼，看着就让人恶心——说她去找那个意大利人了。连话都讲不清楚，假模假式地说她改变了主意。她的主意跟我们有什么关系？我平静得很。我说：'阿博特小姐，我觉得在这件事情上有一点小小的误会。我母亲，赫里顿夫人——'哦，天哪，我的头好疼！你当然是失败了——你用不着回答——我知道你失败了。请问，孩子在哪里？你当然没把他要回来。可爱的卡罗琳不会让你把事办成的。哦，对了，她还说我们要马上离开，别再打扰那位父亲了。这就是她的命令。命令！命令！"说到这儿，哈丽雅特也哭了起来。

菲利普克制着自己的脾气。他姐姐确实很烦人，但她如此愤怒也是情有可原的。另外，阿博特小姐的行为比她预想的还要糟糕。

"我是没把孩子要回来，哈丽雅特，但我也没完全失败。今天下午我和卡雷拉先生还要面谈一次，在加里波第咖啡馆。他非常讲道理，态度也很亲切。如果你愿意和我一起去，就会发现他很愿意商量事情。他很缺钱，却没希望弄到钱。我发现了这一点。另外，他对那孩子也有一定的感情。"菲利普这么说，是因为他的洞察力，或者说他的机会，都无法与阿博特小姐相比。

哈丽雅特只是抽抽搭搭地哭个不停，指责弟弟侮辱了她。一位淑女，怎么能跟如此可怕的一个男人说话？这一点，光凭这一点，就足够让卡罗琳不得翻身了。哦，可怜的莉莉娅！

菲利普用手指轻轻敲着卧室的窗台。他不知道怎样才能打破这个僵局。他说起跟吉诺的第二次面谈时很乐观，但内心深处却知道这次面谈也不会成功。吉诺太彬彬有礼了，他不会断然拒绝从而中止谈判，而是喜欢心平气和、半开玩笑地讨价还价。另外，他还喜欢捉弄对手，采取的法子又巧妙得很，对手就算受了捉弄都不会介怀。

"阿博特小姐的行为确实不同寻常，"他终于说道，"但话说回来——"

他姐姐根本听不进去。她又开始痛骂卡罗琳发了疯，对他们的事横加干预，而且口是心非，让人无法忍受。

"哈丽雅特，你必须听我说。天哪，你别再哭了。我有很重要的事要说。"

"我就是要哭。"她说。但过了一会，她发现菲利普不肯再跟她说话，便收住了。

"你得记住，阿博特小姐没有对我们造成任何损害。她压根没对吉诺提起那件事。吉诺还以为她是在跟我们合作。我估计是这样。"

"哼，她才不是呢。"

"没错。但你如果注意一点，她也许会合作的。我对她的行为是这么理解的：当时她去见吉诺，确实打算把孩子带走。她在给我留的便条里是这么说的，我不相信她会说谎。"

"我相信。"

"到了那里，她看到了吉诺和孩子相亲相爱的和睦情景，不由得一阵多愁善感，给弄乱了阵脚。据我对心理学的了解，过不了多久就要出现反作用了。慌乱之后她会镇定下来。"

"你那些深奥的词儿我听不懂。说得简单点——"

"等到她镇定下来，就能发挥不可估量的作用。因为她给吉诺留下了非常深刻的印象。他觉得她对孩子很好。你知道，她帮他给孩子洗澡了。"

"恶心！"

哈丽雅特的叫喊，比她其余的毛病更令人恼火。但菲利普不想发脾气。昨天他在剧院感受到的快乐，应该能永远保持下去。他比以往任何时候都渴望以仁慈之心面对这个世界。

"你如果想把孩子带走，就得跟阿博特小姐和解。只要她愿意，她可以比我更好地帮助你。"

"我跟她是不可能和解了。"哈丽雅特沮丧地说。

"难道你——"

"哦，没有，我想说的还没有全部说出来。我话还没说完，她就走了——跟那些懦弱的人一样！她去了教堂。"

"圣德奥达塔教堂？"

"对。我敢说，她需要到教堂去。只要是更不合基督教规矩的——"

后来菲利普也去了教堂。他离开时姐姐已经平静了一些，也比较愿意考虑他的建议。阿博特小姐怎么了？他一向以为她既稳重又真诚。去年圣诞节菲利普乘火车去查令十字车站的时候跟她的那番谈话——就那一次，他发现自己找到了一个志同道合的人。蒙特里亚诺想必是再一次冲昏了她的头脑。他没有生她的气，因为他对这次远行结果如何并不关心。他只是特别感兴趣而已。

当时已快到中午，街上的人越来越少。但酷热已经消散，空气中有一丝凉爽之感，好像要下雨了。广场看起来比任何时候都要迷人，它的三处胜地——公共大厦、大教堂和加里波第咖啡馆，分别代表着智慧、灵魂和身体。菲利普站在广场中央，恍然出神，心里想着能够属于一个城市的感觉该有多么美妙，不管这个城市有多么不起眼。然而，他来到这里的身份却是传递文明的使者、研究性格的学者。他叹了口气，走进圣德奥达塔教堂，继续执行他的使命。

　　两天前这儿举行过节日活动，教堂里依然弥漫着香火和大蒜的气味。教堂司事的小儿子在中殿扫地，与其说是为了清扫，不如说是觉得好玩，扬起的一蓬蓬灰尘全飘到了壁画和三三两两的敬神者身上。教堂司事自己在"洪水灭世"场景的中央支起一架梯子——这块壁画占据了中殿的一处拱肩——正在解柱子上包着的深红色棉布。地上还堆许多深红色棉布——这座教堂装饰起来不亚于任何一座剧院，教堂司事的小女儿正想法子把布叠起来。她戴着一顶金属箔做的皇冠。皇冠其实是圣奥古斯丁①的，但尺寸裁得太大，像领圈似的掉到了雕像的脸部，你都没见过那么滑稽的东西。节日活动开始前，一位教士把皇冠解下来，送给了教堂司事的女儿。

　　"请问，"菲利普喊道，"这里是不是有一位英国女士？"

　　教堂司事嘴里含满了镀锡铁钉，不过还是愉快地朝一个跪着的身影点了点头。在一片混乱之中，阿博特小姐正在祈祷。

　　他并不觉得特别惊讶。精神崩溃是预料之中的事。虽说菲利普现在对世人更有仁慈之心了，他还是有点玩世不恭，往往会武断地事先认定心灵受到创伤的人会如何行动。但令他惊讶的是，阿博特小姐十分自然地跟他打了招呼，丝毫没有跪着的人刚站起身时的那种尴尬神情。其实这正是圣德奥达塔教堂的精神。在这里，就算你向上帝祈祷之前还在跟邻居说说笑笑，也不会被看轻。"我确实很需要到这儿来。"阿博特小姐说。菲利普本以为她会感到羞愧，听她这么说便有点困惑不解，竟不知该如何回答。

　　"我没什么要告诉你的，"她接着说道，"我只是彻底改变了主意。假如整件事都是出于我的谋划，那么我对你简直就是坏到极点了。现在我可以好好跟你谈谈了。但请你相信，我刚才一直在哭。"

　　"也请你相信，我不是来责骂你的，"菲利普说，"我知道发生了什么事。"

---

① 圣奥古斯丁（St. Augustine，354—430），古罗马帝国时期天主教思想家，欧洲中世纪基督教神学、教父哲学的重要代表人物。

"什么？"阿博特小姐问道。她本能地带着菲利普朝那间有名的祈祷室走去，就是右侧的第五间，乔瓦尼·达·恩波利 ① 在那里画出了圣女死去和葬礼的情景。他们坐在那儿可以不受灰尘和喧闹的干扰，继续进行一场注定会非常重要的谈话。

"同样的事情也可能发生在我身上——他让你相信他很爱那个孩子。"

"哦，是的。没错。他永远都不会放弃孩子。"

"目前事情还没定下来呢。"

"永远都定不下来的。"

"也许是的。好啦，我刚才也说了，我知道发生了什么，我也不是来责骂你的。但我必须请求你暂时回避此事。哈丽雅特气坏了。不过，一旦她意识到你没对我们造成任何损害，以后也不至于，她就会平静下来。"

"以后再也不会了，"她说，"可是我很明白地告诉你，我已经转变了立场。"

"我们所希望的，也就是你不再插手。你能否保证不和卡雷拉先生谈话，从而破坏我们的事情？"

"哦，当然。我再也不想跟他说话了。我再也不会见到他了。"

"他人很好，是吗？"

"是的。"

"好，我想知道的就是这些。我这就去把你的保证告诉哈丽雅特。我觉得事情能消停下来。"

可是他并没有走，因为待在她身边让他觉得越来越快乐，而今天她的魅力则是最迷人的。他不再过多考虑心理学和女性的反作用了。曾让她乱了阵脚的那种多愁善感，反倒使她显得更有吸引力。能欣赏她的美，从她内心的温柔和智慧中汲取教益，这让他心满意足。

"你为什么不生我的气？"她停顿片刻，问道。

---

① 原文为 Giovanni da Empoli，很可能是作者虚构的一名意大利画家。

"因为我理解你——也理解参与这件事的所有人，我觉得——哈丽雅特，卡雷拉先生，甚至我母亲。"

"你的理解力确实很了不起。我们当中只有你能看清这一团乱麻的全貌。"

菲利普高兴地笑了。这是她第一次赞扬他。他惬意地将目光投在圣德奥达塔身上，这位圣女仰面躺着，无比圣洁地走向了死亡。她身后有一扇打开的窗户，望出去正是那天上午他曾看到的风景；而在她孀居母亲的衣橱上，也放着那么一只铜壶。圣女没有看风景，也没有看铜壶，更没有看她孀居的母亲。瞧啊！她产生了幻觉：圣奥古斯丁的头和肩膀宛如某种奇妙的釉质，在粗灰泥的墙壁上悄然移动。这是一位温柔的圣女，有半个圣人见证她的死亡便心满意足了。圣德奥达塔去世的时候和她生前一样，并没有多少成就。

"那你打算做些什么呢？"阿博特小姐问道。

菲利普吓了一跳，倒不是因为她说的话，而是因为她的语气突然变了。"做些什么？"他颇为惊愕地重复着她的话。"今天下午我跟他还要面谈一次。"

"不会有什么结果的。然后呢？"

"那就再谈一次。如果还是不成，我就发电报回家请示。恐怕我们会彻底失败，但败也要败得体面。"

她向来行事果断，但此刻她的果断之中却蕴含着一丝冲动。菲利普倒没觉得她有什么不同，而是觉得她更举足轻重了。她说下面这番话的时候，菲利普非常留心：

"那等于什么也没做！如果你绑架那孩子，或者干脆一走了之，那还算做了点事。可是像你说的那样！败得体面！尽可能像样地从这件事情里抽身！你所追求的仅此而已吗？"

"啊，是啊，"他结结巴巴地说，"既然我们把话说开了，我不妨告诉你，现在我追求的就是这个。除此之外还能怎么办呢？如果我能说服卡雷拉先生放弃孩子，那当然再好不过。如果他不愿意，我就必须向母亲报告事情没办成，然后动身回国。唉，阿博特小姐，你不能指望我跟着你变过来变过去——"

"我没这么指望！但我的确希望你能打定主意怎么做才是正确的，然后坚持下去。你是想让孩子留在父亲身边，还是想让他去索斯顿？在这里，他的父亲爱他，却没法好好地教育他；在索斯顿，没有人爱他，但他却能得到良好的教育。即便是对你来说，这个问题表达得也够客观了。打定主意吧。定下来你到底要站在哪一边。但别再说什么'体面的失败'，那等于是什么都不想、什么都不做。"

"因为我理解卡雷拉先生和你的立场，我没有理由——"

"根本不是这样。你要是觉得我们不对，就该跟我们争辩。唉，如果你自己从来不做决定，你的公正又有什么用处？谁都可以控制你，让你照着他们的意思去做。你看穿了他们，嘲笑他们——但还是去做了。仅仅能看得通透是不够的。我是个糊涂虫，脑子又笨，连你的四分之一都比不上，但我已经努力做了目前看来是正确的事情。而你呢——你的头脑和洞察力都是最出色的。可是你明明看清了什么是对的，却懒得去做。你以前跟我说过，评判我们的标准应该是我们的动机，而不是我们的成就。我觉得这句话非常精辟。但我们必须以取得成就为动机——而不是坐在椅子上空想。"

"你真了不起！"他严肃地说。

"哦，你还挺欣赏我的啊！"她又发火了，"我倒希望你不欣赏我。你欣赏我们所有人——在我们身上都能看到好的一面。但你自始至终简直就是个死人——死人——死人。瞧，你为什么不生气？"她走到他面前，接着她的情绪突然变了，抓住了他的双手。"你太出色了，赫里顿先生，我不忍心看着你这样虚度一生。我不忍心——她对你不好——你母亲。"

"阿博特小姐，别为我担心。有些人生来就是不做事的。我就是其中之一。不管是在学校还是律师界，我都没做过什么事情。我来这里阻止莉莉娅结婚，可是太晚了。这次我来打算把孩子带走，估计又得带着'体面的失败'回国。现在我并不指望事情会出现任何进展，所以我永远不会失望。你要是知道了我都干过哪些大事，肯定会感到吃惊。昨天去剧院，现在跟你说话——我觉得我再也不会碰到比这更重要的事了。看来我命中注定要成为这个世界的匆匆过客，既不会与它发生冲突，也不会对它有所触动——而且我肯定没法告诉你这种命运到底是好是坏。我没有死——我也不会坠入爱河。如果其他人死去或是相爱，也总是发生在我不在场的时候。你说得很对，生活对我来说只不过是一种风景，如今——感谢上帝，感谢意大利，也感谢你——这风景比以往任何时候都更加美丽，更加令人振奋。"

她郑重其事地说："我希望你能发生点变化，亲爱的朋友。我希望你能发生点变化。"

"可是为什么呢？"菲利普微笑着问道，"请证明我为什么像现在这样就不行。"

她也笑了，笑得很沉重。她无法证明。没什么好争论的了。他们的谈话虽然很精彩，却没有任何结果。两个人离开教堂的时候，各自所持的观点和方针还跟走进教堂时一模一样。

吃午饭的时候，哈丽雅特很无礼。她当面斥责阿博特小姐是叛徒，还是个胆小鬼。阿博特小姐对这两个绰号都没有表示不满，她觉得其中一个恰如其分，另一个也不是全无道理。她尽量不让自己的回答流露出丝毫讽刺的意味。但哈丽雅特认定她就是在讽刺，否则她不会那么平静。哈丽雅特变得越来越暴躁，菲利普一度担心她会动手。

"哎，好啦！"他拿出以前的那种态度喊道，"这样太过分了。我们一上午都在谈话、盘问，今天下午我还有一次面谈。我要求你们安静下来。两位女士都回房间看书去吧。"

"我回去收拾行李，"哈丽雅特说，"菲利普，请提醒卡雷拉先生，孩子必须在今晚八点半之前送到这里。"

"噢，那当然，哈丽雅特。我一定专门提醒他。"

"还要订一辆马车，送我们去赶夜班火车。"

"对了，"阿博特小姐说，"能帮我也订一辆马车吗？"

"你也走？"他惊叫道。

"当然了，"她回答说，突然涨红了脸，"为什么不走呢？"

"啊，你当然要走。那就订两辆马车。两辆赶夜班火车的马车。"他无可奈何地看了看姐姐。"哈丽雅特，你到底想干什么？我们肯定来不及的。"

"给我订好赶夜班火车的马车。"哈丽雅特说完就走了。

"好吧，我会订的。我还得和卡雷拉先生面谈。"

阿博特小姐轻轻叹了口气。

"你为什么要在意呢？难道你觉得我对他会有一丝一毫的影响吗？"

"不。可是——我没法把在教堂说的话全部重复一遍。你绝不应该再跟他见面了。你应该把哈丽雅特塞进马车，直接把她带走，不是今晚，而是现在。"

"也许我应该这么做吧。可是这个'应该'有点不够分量。无论哈丽雅特和我怎么做，事情都一样。你说怪吧，我能看出这其中的精彩之处——甚至于其中的幽默。吉诺跟他的小崽子坐在这儿的山顶上。我们来找他要孩子。他欢迎我们。我们再要。他还是那么亲切友好。我情愿花整整一个星期跟他讨价还价。但我知道最终我只能两手空空地回到平原上。如果我打定主意，情况也许会更理想一些。但我并不是一个理想的人。况且这都无关紧要。"

"也许我太极端了，"阿博特小姐谦卑地说，"我一直在试图操纵你，就像你母亲一样。我觉得你应该和哈丽雅特争到底。今天，出于某种原因，每一件琐碎小事的细枝末节都显得无比重要，而你说某件事'无关紧要'的时候，这话听着就像是在亵渎神明。谁都不可能知道——我该怎么说呢，知道我们的哪一个举动或哪一次无所作为永远是无关紧要的。"

菲利普表示同意，但她的这番话只具备美学意义上的价值，他并不打算诚心接受。整个下午他都在休息——心事重重，但不算沮丧。这件事总归会有个了局。阿博特小姐也许是对的。孩子最好还是留在有人疼爱的地方。也许这就是命运的安排。他对这件事没什么兴趣，也确信自己起不到任何影响。

因此，加里波第咖啡馆的面谈没达成任何结果，也就没什么好意外的了。两个人都不是很当真。没过多久吉诺就看出了局面的关键所在，便不依不饶地捉弄起同伴来。菲利普想表现出生气的样子，最后却不由得哑然失笑。"好啦，你说得对，"他说，"这件事的确掌握在几位女士手里。"

"啊，女士——女士！"对方喊道，然后像百万富翁似的扯着嗓子要了两杯黑咖啡，坚持要请他的朋友喝，以此表示他们之间的冲突已经结束。

"唉，我已经尽力了，"菲利普说着把一长条糖块放到杯里，看着棕色的咖啡浸上来，"我可以问心无愧地面对我母亲了。你会给我作证的吧，说我已经尽力了？"

"可怜的伙计，我会的！"他同情地把手放在菲利普的膝盖上。

"还要证明我——"糖块现在吸透了咖啡，他附身把它吞下去。就在这时，他朝广场对面扫了一眼，看见哈丽雅特在那里注视着他们。"我姐姐！①"他惊叫道。吉诺觉得很有意思，他把头枕在小桌子上，用拳头逗趣地敲着大理石桌面。哈丽雅特转过身，神情阴郁地端详起公共大厦来。

"可怜的哈丽雅特！"菲利普说着，把糖块咽了下去。"再遭一次罪，这事对她来说就彻底结束了。我们今晚就走。"

吉诺深表遗憾。"那你今晚就不能到这儿来了，你可是跟我们说好的。三个人都走吗？"

"都走，"菲利普说，他还没透露阿博特小姐退出的事，"坐夜班火车。至少我姐姐是这么计划的。所以我恐怕来不了这里了。"

他们望着哈丽雅特离去的身影，然后开始了最后的客套。两个人热情地握着对方的双手。菲利普明年再来，要提前写信。他会被介绍给吉诺的妻子认识，他已经知道他们要结婚了。他将成为吉诺下一个孩子的教父。至于吉诺，他会记着菲利普喜欢喝苦艾酒。他请求菲利

---

① 原文为意大利语。

普向艾尔玛转达他的爱意。赫里顿夫人——他是否应该向她致以愉快的问候呢？算了吧，那恐怕不行。

于是，两个年轻人怀着真挚的情谊告别了。语言的障碍有时候倒是一件幸事，它只会让好话传达过去。或者说——用不那么尖刻的话来说——使用新鲜干净的语言会让我们变得更好，这种语言尚未被我们的褊狭或卑劣所玷污。不管怎样，菲利普说起意大利语来人都变得优雅了，这种语言的一词一句都会促使人变得快乐而善良。想想哈丽雅特讲的英语都让人害怕，她说出的每一个字，都像煤块一样生硬、扎眼而粗粝。

然而，哈丽雅特却没怎么说话。刚才看到的情景足以让她知道弟弟又失败了，她以少有的尊严接受了这个事实。她收拾好行李，写了日记，用牛皮纸给新买的旅行指南包了书皮。菲利普看到她这么心平气和，便想跟她商量一下路上该怎么安排。但她只是说他们要在佛罗伦萨过夜，还让他发电报预订房间。他们单独吃了晚饭。阿博特小姐没有下楼。老板娘告诉他们卡雷拉先生来过，想跟阿博特小姐道别，可是她虽然在房间，却没能见他。老板娘还说开始下雨了。哈丽雅特叹了口气，不过向弟弟表明这不是他的责任。

马车八点一刻的时候到了。雨不大，但夜色黑得异乎寻常，有一个车夫想在去车站的路上走慢点。阿博特小姐下了楼，说她已经准备好了，马上就出发。

"好的，你走吧，"菲利普站在大厅里说，"我们刚吵过架，下山这一路上就别排着队走了。那么，再见吧。事情终于结束了。我的露天历史剧又换了一幕。"

"再见。见到你我非常高兴。不管怎样，我希望这一点不会改变。"她握住了他的手。

"你这话听着很沮丧啊，"他笑着说，"别忘了，你可是得胜而归的。"

"我想是的。"她以愈发沮丧的语气回答，然后便上了马车。菲利普觉得阿博特小姐是在想着回到索斯顿大家会怎么接纳她，关于她的传闻肯定已先期到达。赫里顿夫人究竟会做些什么呢？只要她觉得理所应当，就能把事情弄得很不愉快。或许她会认为最好还是保持沉默，但还有哈丽雅特。谁能管住哈丽雅特的嘴？有这对母女在，阿博特小姐的日子肯定很不好过。她那言行一致、崇尚道德的美名，都将不复存在。

"她太不走运了，"菲利普心想，"她是个好人。我一定要尽力帮助她。"他们的亲密关系发展得很快，他也希望这种关系不会改变。他确信自己理解她，而她现在已经看到了他最糟糕的一面。如果很长时间以后——如果最终——他目送她坐的马车离开，像小男孩似的羞红了脸。

他到餐厅去找哈丽雅特，但哈丽雅特不见了。她的卧室里也没人，只剩下那本紫色的祈祷书翻开了放在床上。菲利普漫不经心地拿起书，看见——"神圣的主，我的上帝，他教导我的手争战，教导我的指头打仗。"①他把书揣进口袋，开始考虑更有益处的事情。

圣德奥达塔教堂的钟敲响了八点半。行李都装到车上了，哈丽雅特还没有露面。"放心好了，"老板娘说，"她肯定是去卡雷拉先生家跟她的小侄子告别了。"菲利普觉得这不太可能。他们喊遍了整座旅馆，哈丽雅特还是不见踪影。他开始感到不安。阿博特小姐不在，他有点不知所措。她严肃而善良的面孔曾让他感到莫大的安慰，哪怕她面露嗔色的时候也是这样。没有了她，蒙特里亚诺便成了伤心地。雨越下越密，酒馆里断断续续地传出走了调的多尼采蒂乐曲。对面的那座高塔他只能看到底部，上头有江湖医生刚贴的广告。

一个人从街上走来，手里拿着一张字条。菲利普接过字条念道："立刻动身。在大门外接我。给送信的人小费。赫·哈。"

"字条是那位女士给你的吗？"他高声问道。

那人含含糊糊地不知说了句什么。

———————————

① 出自《圣经·诗篇》。

"大点声！"菲利普大喊，"谁交给你的？在哪里？"

那人嘴里只发出了一串哼哼唧唧、呜哩呜啦的声音，听起来很吓人。

"对他耐心点，"车夫在座位上转过身说，"他是个可怜的傻子。"老板娘也从旅馆里走出来，附和道："可怜的傻子。他不会说话，给我们大家带信。"

这时，菲利普才看清带信的人相貌很可怕，脑袋光秃秃的，眼睛流着泪，灰扑扑的鼻子不停地抽搐。要是在别的国家，他早就给关起来了。然而在这里，他却受到了大家的接纳，被当成一个公共服务机构，当成大自然安排好的一部分。

"啊！"英国人打了个寒战。"房东太太，你问问他。这张字条是我姐姐写的。是什么意思？他是在哪儿见到她的？"

"没用的，"老板娘说，"他什么都能听懂，但什么都说不清楚。"

"他能看见圣人显灵。"车夫说。

"但我的姐姐——她去了哪里？她是怎么碰到他的？"

"她去散步了。"老板娘肯定地说。这是个糟糕的晚上，但她渐渐明白英国人的意思了。"她去散步了——可能是去跟她的小侄子道别。回来的时候她走了另一条路，让可怜的傻子给你送来这张字条，这会儿她正在锡耶纳门外等你。我的许多客人都会这么做。"

没别的法子，只能照着字条的指示办。菲利普和老板娘握手，给了送信的人一枚五便士的硬币，上车走了。刚走出十几米，马车又停了下来。那个可怜的傻子跟在后面跑着，嘴里还呜呜咽咽地叫唤。

"走吧，"菲利普喊道，"我给他的钱够多的了。"

一只吓人的手把三枚铜币塞到他怀里。傻子还有个毛病，只肯收自己应得的钱。这几枚铜币是五便士硬币的找钱。

"走吧！"菲利普大喊，把铜币扔到了路上。这个小插曲把他吓坏了；整个人生都已经变得不再真实。驶出锡耶纳门的时候，他如释重负。他们在城外的平地上停了一会儿，但哈丽雅特踪影全无。车夫高声询问海关的官员，但他们没看到什么英国女士从这儿经过。

"我该怎么办？"他喊道，"这位女士从来不会迟到的。我们要赶不上火车了。"

"我们慢点走，"车夫说，"你可以一边走一边喊她的名字。"

于是他们驶入夜色之中，菲利普喊着："哈丽雅特！哈丽雅特！哈丽雅特！"接着他就在之字路的第一个拐弯处看到了她，正站在雨中等着他们。

"哈丽雅特，你怎么不答应一声？"

"我听到你们来了。"她说着快步上了马车。这时菲利普才发现她抱着一个包裹。

"那是什么？"

"嘘——"

"到底是什么？"

"嘘——睡着了。"

阿博特小姐和菲利普都没办成的事，哈丽雅特办成了。是那个孩子。

她不让菲利普说话。她又说了一遍，孩子睡着了，然后撑起一把伞为自己和孩子挡雨。具体情况以后再跟他说。因此，菲利普只能自己推测这场奇妙面谈的过程——简直就是南极和北极之间的面谈。推测起来并不难：面对哈丽雅特无比坚定的信念，吉诺突然间彻底崩溃；可能哈丽雅特当面直斥他是个恶棍；可能吉诺为了几个钱放弃了自己唯一的儿子，也可能分文未得。"可怜的吉诺，"菲利普心想，"他终究也并不比我强。"

然后他想到了阿博特小姐，她的马车想必正在他们下方一两英里的黑暗中向山下行驶。他轻描淡写的自责失去了作用。阿博特小姐也有信念，他曾感受过这种信念的力量。等她知道了今天这阴郁而出人意料的结局，他还会再次感受到这种力量。

"你保密得很啊，"菲利普说，"现在可以大概跟我说说了。我们付了他多少钱？倾其所有吗？"

"嘘！"哈丽雅特回答说，一边费力地摇晃起襁褓来，就像某个瘦骨嶙峋的女先知——犹迪 ①、底波拉 ②，或是雅亿 ③。他上次看到这孩子躺在阿博特小姐的膝头，光溜溜的，浑身发亮，身后是二十英里的风景，他的父亲就跪在他脚边。记忆中的这一幕，加上哈丽雅特、漆黑的夜色、那个可怜的傻子，还有悄无声息的雨，让菲利普心中充满了悲伤，而且预感到还会有悲伤来临。

蒙特里亚诺早已消失在夜色之中。除了马车经过时偶尔被灯照亮的橄榄树湿漉漉的树干，他什么都看不见。他们走得很快，这个车夫往车站赶的时候根本不在意速度有多快，每到一个斜坡都飞驰而下，碰到拐弯处也是危险地疾速驶过。

"我说，哈丽雅特，"菲利普最后说，"我觉得不对头。我想看看孩子。"

"嘘！"

"我才不管会不会把他吵醒。我想看看他。我对他也有权利，跟你一样。"

哈丽雅特让步了。可是天太黑，他看不清孩子的脸。"等一下。"他低声说。哈丽雅特还没来得及阻拦，他就在雨伞的遮挡下划着了一根火柴。"他醒着呢！"他惊叫道。火柴灭了。

"乖宝啊乖，不吵不吵。"

菲利普身子一缩。"你知道吗，我觉得他的脸很不对劲。"

"不对劲？"

"脸都皱着呢，奇怪得很。"

"当然了——有阴影——你看不清他。"

"这样吧，你再把他抱起来。"她照办了。菲利普又划着了一根火柴。火柴旋即熄灭，但菲利普已经看到孩子在哭。

"胡说，"哈丽雅特厉声说，"他要是在哭，我们会听见的。"

"不对，他哭得很厉害。我刚才就这么觉得，现在看清楚了。"

---

① 犹迪（Judith），《圣经》中的女英雄，曾在亚述大军兵临巴勒斯坦城下时深入敌营，智取敌酋之首。

② 底波拉（Deborah），《圣经》中的女英雄、先知，普率希伯来人成功反击迦南王耶宾的军队。

③ 雅亿（Jael），《圣经》中的女英雄，曾杀死迦南王耶宾的军长西西拉。

哈丽雅特摸了摸孩子的脸。脸上全是泪水。"哦，我估计是夜晚的潮气弄的，"她说，"要么就是给雨水打湿了。"

"我说，你没弄疼他，或者是抱的姿势不对，还是有别的什么问题吧？太奇怪了——哭起来一点声音都没有。你怎么不让佩尔菲塔把孩子抱到旅馆来，非得派个送信的缠夹不清？他竟然弄得懂字条是怎么回事，真是太神奇了。"

"哦，他弄得懂，"菲利普感觉到她打了个冷战，"他还想抱孩子来着——"

"可是，吉诺或佩尔菲塔怎么不把孩子抱来呢？"

"菲利普，别说话。非得让我再说一遍吗？别说话。孩子要睡觉。"马车向山下驶去，她语气生硬地哼歌哄着孩子，时不时擦去那双小眼睛里不断涌出的泪水。菲利普转开了目光，他自己也不时地眨着眼睛。他们仿佛是在携着全世界的悲伤赶路，仿佛所有的神秘、所有持续不变的痛苦都汇集到了一个源头。现在的路面上满是泥泞，马车跑起来没那么吵了，但速度并未放慢，沿着弯弯曲曲的道路在夜色中疾驰。他对各处的地标很熟悉：这里是通往波吉邦西的岔路；如果天还亮着，从这里还能最后看一眼蒙特里亚诺。很快他们就要来到那片小树林了，春天那里曾开遍紫罗兰。菲利普希望天气没变成这样。冷倒是不冷，但空气非常潮湿。这对孩子肯定不好。

"我猜他还在呼吸什么的吧？"他问道。

"当然，"哈丽雅特气呼呼地低声说，"你又把他吓醒了。我敢肯定他刚才睡着了。我真希望你别再说话了，搞得我很紧张。"

"我也紧张。他要是大声哭叫倒好了。太奇怪了。可怜的吉诺！我真为他感到难过。"

"真的吗？"

"因为他软弱——跟我们大多数人一样。他不知道自己想要什么。他没有好好珍惜生活。但我挺喜欢那个家伙的，我为他感到难过。"

哈丽雅特自然没有回答。

"你鄙视他，哈丽雅特，你也鄙视我。但你这样对我们没有任何好处。我们这些傻瓜，需要有人帮助我们站起来。假如有个很像样的女人让吉诺振作起来——我觉得卡罗琳·阿博特也许就能办到，他难道不会成为截然不同的人吗？"

"菲利普，"哈丽雅特打断了他，竭力装出一副无动于衷的样子，"你身边会不会碰巧还有火柴？如果有的话，我们不妨再看看孩子。"

第一根火柴刚划着就灭了。第二根也一样。菲利普说他们应该停下马车，把车夫的灯借来。

"噢，我可不想那么费事。再试一下。"

菲利普试着划第三根火柴的时候，马车驶入了小树林。火柴终于着了。哈丽雅特把雨伞举好，他们盯着在颤抖的火光中颤抖的那张小脸，足足端详了十几秒。突然，响起一声惊叫，紧接着就是撞击声。他们躺在黑暗的泥泞之中。马车翻了。

菲利普伤得很重。他坐起来，前后摇晃了几下，抱住了自己的胳膊。他勉强能看出上方马车的轮廓，还有灰色道路上马车坐垫和行李的轮廓。事故发生在树林里，这儿比开阔的地方还要黑。

"你没事吧？"他好不容易说道。哈丽雅特在尖叫，马在乱蹬，车夫在咒骂另一个男人。

哈丽雅特的尖叫声变得连贯起来。"那孩子——孩子——他滑出去了——从我怀里滑出去了——我把他偷来的！"

"上帝啊，帮帮我吧！"菲利普说。他只觉得嘴上一片冰冷，昏了过去。

他苏醒过来的时候，四周仍旧一片混乱。马还在乱踢，孩子没有找到，海丽雅特还在像疯子一样尖叫："我把他偷来的！我把他偷来的！我把他偷来的！他从我怀里滑出去了！"

"别动！"菲利普命令车夫，"谁都不要动。我们说不定会踩到他。别动。"大家暂且都服从了他的命令。他开始在泥泞中爬来爬去，这儿摸摸，那儿摸摸，把坐垫当成孩子抓在手里，仔细听着也许能指引方向的微乎其微的声息。他想划根火柴，便用牙齿咬住火柴盒，用没受伤的那只手去划。他终于成功了，火光照亮了他要找的那个襁褓。

襁褓从路上滚进了不远处的树林，横在一道深深的车辙上。襁褓那么小，如果竖着掉进车辙就看不见了，他可能永远都找不着。

"孩子是我偷来的！我和那个傻子——吉诺家里没人。"她哈哈大笑起来。

菲利普坐下来，把孩子放在膝头。他试着擦干净沾在那张小脸上的泥巴、雨水和眼泪。他估计自己有只胳膊断了，不过还能略微活动，而且眼下他也完全忘记了疼痛。他在倾听——不是要听到哭声，而是想听到心脏的跳动，或是最微弱的一丝呼吸。

"你们在哪儿？"有个声音喊道。是阿博特小姐，他们刚才撞到了她坐的马车上。她重新点亮了一盏灯，正深一脚浅一脚地朝他走来。

"安静！"他又喊了一声，大家再次照办了。他摇晃着襁褓；他给孩子做人工呼吸；他解开大衣，把孩子贴在自己胸前。然后他又开始倾听。可是，除了雨声、马的喘息声，还有黑暗中不知何处哈丽雅特独自窃笑的声音，他什么都没听见。

阿博特小姐走上前，轻轻地从他怀里抱走了孩子。孩子的小脸已经冰凉，但多亏了菲利普，脸上不再是湿漉漉的了。以后再也不会有泪水把这张小脸沾湿。

第九章

哈丽雅特罪行的细节始终无人知晓。她在病中总是念叨她借给——是借，不是送——莉莉娅的一只嵌花木匣，最近发生的麻烦事倒很少提及。显然，她去吉诺家本来是准备跟他面谈的，却发现他不在，便受到了一种荒诞不经的诱惑的摆布。然而，这跟她的坏脾气有多少关系，她的宗教信仰给了她多大的勇气，她又是在什么时候、怎么遇见那个可怜的傻子的——这些问题始终没有答案，而菲利普对此也并不是很感兴趣。偷孩子的事肯定会被发现：他们会在佛罗伦萨、米兰或边境被警察逮捕。结果，他们刚出城几英里，就被以一种更为简单的方式截住了。

菲利普简直不敢仔细琢磨这件事情。它太重大了。在泥泞中死去的这个意大利婴儿，曾经是种种深厚感情和强烈期望所围绕的中心。在这件事情上，人们是罪恶的，或者说是有过错的；每个人的罪过都非同小可，除了孩子自己。现在孩子已经离开人世，但由傲慢、怜悯和爱意组成的这台庞大装置却依然存在。死去的人似乎带走了许多，但其实并没有带走属于我们的任何东西。死者所唤起的激情，在他们死后继续留存，容易变化或是迁移，却几乎不可能磨灭。菲利普知道自己仍然航行在同一片辽阔而危机四伏的海面上，头顶阳光普照或阴云密布，脚下则是汹涌的波涛。

不管怎么说，下一步该如何行动是确定无疑的。他必须把这个噩耗告诉吉诺，而且只能是他去。讲述哈丽雅特的罪行很容易——把责任推卸给疏忽大意的佩尔菲塔或身在英国的赫里顿夫人也很容易。每个人都有责任——甚至是阿博特小姐和艾尔玛。如果愿意的话，大可以认为这场灾难是种种因素使然，或者是命运的安排。但菲利普不愿这么认为。这是他自己的错，是由他性格中众所周知的弱点造成的。因此，只能由他去把噩耗告诉吉诺，其他任何人去都不行。

没有人阻挡他。阿博特小姐在忙着照顾哈丽雅特，人们从黑暗中冒出来，带着他们朝一座农舍走去。菲利普钻进那辆没有损坏的马车，命令车夫往回赶。离开两个小时之后，他又回到了蒙特里亚诺。这会儿佩尔菲塔在家了，她高高兴兴地向他问好。痛苦，肉体上和精神上的痛苦，让他的头脑变得迟钝了。过了一会儿他才意识到，佩尔菲塔还没发现孩子不见了。

吉诺还没回来。佩尔菲塔像上午接待阿博特小姐的时候一样，把菲利普领进会客室，在一把马鬃填塞的椅子上掸出一圈干净地方让他坐。不过现在天已经黑了，所以她给客人留了一盏小灯。

"我尽快回来，"她说，"不过蒙特里亚诺的街道太多了，有时候很难找到他。今天上午我就没找到。"

"先去加里波第咖啡馆。"菲利普说，他想起这会儿正是昨天他那些朋友约定的时间。

他独自待在会客室，并没有思考——没什么好思考的，他只需要陈述几个事实——而是试着给自己断掉的胳膊做一根吊带。问题出在肘关节，他只要把这个部位固定住，就可以照常行动。但胳膊已经开始发炎了，稍稍晃一下都疼痛不堪。吊带还没弄好，吉诺就快步跑上楼来，喊道：

"这么说你回来了！我太高兴了！我们都等着——"

菲利普目睹了太多，已经紧张不起来了。他以低沉而平稳的语气讲述了发生的事情，对方也非常平静地一直听到最后。沉默之中，佩尔菲塔突然叫了起来，说她忘记了孩子晚上的牛奶，得赶紧去拿。她走了以后，吉诺一言不发地拿起那盏灯，两人走进了另一个房间。

"我姐姐病了，"菲利普说，"阿博特小姐没有任何责任。拜托你尽量不要去打扰她们。"

吉诺在那块毯子前弯下腰，摸索着他儿子躺过的地方。他时不时微微皱起眉头，看一眼菲利普。

"都是我造成的，"菲利普接着说，"发生这件事，是因为我胆小懦弱，无所作为。我来问问你打算怎么办。"

吉诺离开了毯子，伸手从桌子的边缘朝另一头拍过去，就像瞎子一样。这个举动太奇怪了，菲利普忍不住上前劝阻。

"慢点儿，伙计，慢点儿。他不在这儿。"

他走上前，把手搭在吉诺的肩膀上。

吉诺身子一扭，两手更快地摸索起各种东西来——桌子、椅子、整个地面，还有墙壁上他够得着的地方。菲利普本来没打算去安慰吉诺。但现在这局面太紧张了——他只好试一试。

"发泄出来，吉诺；你一定要发泄出来。叫吧，骂吧，不要憋着；你一定要发泄出来。"

没有回答。吉诺的双手还在不停地摸索着。

"现在是难过的时候。发泄出来吧，要不然你会像我姐姐一样生病。你会——"

吉诺已经摸遍了整个房间。除了菲利普，屋里的每一样东西他都摸到了。此刻他朝菲利普走来。看他的脸，就知道这个男人已经失去了原先生活的理由，正在寻找新的理由。

"吉诺！"

他停了一下，然后又向前走来。菲利普站在原地没动。

"你想把我怎么样都行，吉诺。你的儿子死了，吉诺。记着，他是在我怀里死去的。这并不能替我开脱，但他的确是在我怀里死去的。"

吉诺把左手伸了出来，这回动作很慢。那只手像一只昆虫似的悬在菲利普面前。然后手落了下去，紧紧抓住了他摔断的胳膊肘。

菲利普用尽全力挥出了自己的另一只胳膊。吉诺被打得摔倒在地，但他没叫，连一个字都没说。

"你这个畜生！"英国人大喊，"要杀我你就杀好了！但别再碰我断掉的胳膊。"

话刚出口菲利普就后悔了，他在对手身旁跪下，想帮他苏醒过来。他好不容易才把吉诺扶起来，让他靠在自己身上。他伸出胳膊抱住他，心中又充满了怜悯和温情。他毫无畏惧地等着吉诺清醒过来，心里很肯定他们俩终于安全了。

吉诺突然就恢复了。他的嘴唇动了动。在那值得庆幸的一瞬间，他似乎想说话。但他想起了一切，默不作声地挣扎着站了起来。他没有走向菲利普，而是朝那盏灯走去。

"你想干什么都行，但先想想——"

灯被扔过房间，直飞到凉廊外面。它撞在楼下的一棵树上，砸得粉碎。菲利普在黑暗中叫了起来。

吉诺从他身后逼近，狠狠地拧了他一把。菲利普大叫一声转过身。他只是背上给拧了一下，但他知道自己接下来会有什么遭遇。他挥拳打了出去，刺激那个魔鬼来跟他搏斗，来杀掉他，怎么样都行，只要别再这么拧他。然后他跌跌撞撞地朝门口跑去。门开着。他昏了头，没往楼下跑，反而穿过楼梯平台跑进了对面的房间。他在炉子和踢脚板之间的地上躺了下来。

他的感觉变得更敏锐了。他能听到吉诺蹑手蹑脚地走进了房间。他甚至知道吉诺脑子里在想些什么，知道他忽而感到困惑，忽而有了希望，忽而又想着这个受害者是不是还没逃到楼下去。菲利普上方有人迅速扑来，接着响起一声狗叫般的低沉咆哮。吉诺的指甲在炉子上弄劈了。

身体上的疼痛非常可怕，几乎让人无法忍受。如果这痛苦是意外发生的，或是为了我们好——现代生活中的痛苦大抵如此，除了在学校里——我们还勉强受得了。然而，如果这痛苦是由一个和我们同样的成年人恶意造成的，我们的自制力便会彻底消失。菲利普唯一的想法就是逃离这个房间，不管要牺牲多少高贵和自尊。

这时吉诺在房间的另一头，在小桌子旁边摸索着。突然，他的本能觉醒了。他迅速爬到菲利普躺的地方，一把抓住了他的胳膊肘。

整条胳膊好像着了火，断裂的骨头在关节处锉磨着，放射出一阵阵无比纯粹的疼痛。菲利普的另一只胳膊给墙壁抵住了，吉诺噔噔地从炉子后面挤进来，跪在了他的双腿上。菲利普扯起嗓子喊叫起来，足足喊了一分钟。接着，这一点安慰也被剥夺了。另一只潮湿而有力的手慢慢地掐住了他的喉咙。

起初菲利普还感到快慰，他心想，死亡总算是降临了。但这只不过是一种新的折磨；这本领也许是吉诺从祖先那里继承来的——他们是一帮孩子气的流氓，争着从塔楼上把对方往下扔。气管刚刚闭住，那只手就松开了，菲利普被吉诺扯着胳膊弄醒。就在他疼得几欲晕去、好不容易片刻间变得神志不清的时候，吉诺便不动他的胳膊了，菲利普又得在喉咙被掐的压力下苦苦挣扎。

一幅幅鲜明的画面伴着痛苦闪现——莉莉娅几个月前在这座屋子里奄奄一息，阿博特小姐弯下腰看着孩子，他的母亲此刻正在家里给仆人们念晚祷词。他觉得自己越来越虚弱，头脑一片恍惚；痛苦似乎没那么强烈了。吉诺再小心，也不可能无限期地推迟结局的来临。菲利普的喊叫和呻吟变得机械了——只是肉体备受折磨时的本能反应，而不是真正表达愤怒与绝望的声音。他意识到有人轰然跌倒。然后他的胳膊给猛力扯了一下，一切终于平静下来。

"可是你的儿子已经死了啊，吉诺。你的儿子已经死了，亲爱的吉诺。你的儿子已经死了。"

房间里一片通明，阿博特小姐扶着吉诺的肩膀，把他按在一把椅子上。她累得筋疲力尽，两只胳膊直发抖。

"再死一个人有什么好处？再增加痛苦有什么好处？"

吉诺也开始发抖了。然后他转过身，神情古怪地看着菲利普。菲利普的脸在炉子旁边露了出来，脸上沾满了尘土和白沫。阿博特小姐由着吉诺站起身，但手还紧紧地抓着他。他发出了一声高亢而奇怪的呐喊——可以说是质问的呐喊。楼下传来了佩尔菲塔的动静，她带着孩子的牛奶回来了。

"到他那儿去，"阿博特小姐说着指了指菲利普，"扶他起来。好好待他。"

她放开吉诺，他慢慢朝菲利普走去，眼神中满是痛苦。他弯下腰，似乎是想轻轻地把菲利普扶起来。

"救命！救命！"菲利普呻吟起来。他的身体已经被吉诺折磨得痛苦不堪，再给他碰一下都受不了。

吉诺似乎明白了。他停住了，在菲利普身旁蹲下来。阿博特小姐自己走上前，把她的朋友抱在怀里。

"哦，邪恶的魔鬼！"菲利普喃喃地说，"杀了他！给我杀了他。"

阿博特小姐轻轻地扶着他躺到沙发上，擦干净他的脸。然后她严肃地对他们两个人说："这件事到此为止。"

"牛奶！牛奶！①"佩尔菲塔一边喊，一边兴高采烈地走上楼来。

"记住，"阿博特小姐继续说，"不许再报复。我不允许任何人再故意干坏事。我们再也不要互相争斗了。"

"我永远不会原谅他。"菲利普叹道。

"牛奶！新鲜的牛奶！雪白的！②"佩尔菲塔提着另一盏灯和一只小壶，走了进来。

吉诺终于开口说话了。"把牛奶放在桌上，"他说，"那个房间用不着它了。"险情终于结束。一声剧烈的啜泣让吉诺浑身发颤，接着又是一声，然后他痛苦万分地发出一声尖叫，像孩子一样跌跌撞撞地向阿博特小姐奔去，紧紧抱住了她。

这一整天，阿博特小姐在菲利普眼中都仿佛是一位女神，此刻这种感觉愈发强烈。在情绪特别激动的时候，许多人会显得既年轻又亲切。不过，也有人会显得苍老而疏远。菲利普觉得，无论是就年龄还是气质而言，阿博特小姐和把头靠在她怀里的这个男人都没什么区别。她的眼睛睁得大大的，眼中充满了无尽的怜悯，充满了庄严，仿佛辨认出了悲伤的边界，看到了悲伤以外那些难以想象的地带。菲利普在伟大的画作中见到过这样的眼睛，在凡夫俗子身上却从未得见。她双手环抱着那个受苦的人，轻轻抚慰着他，即便是女神，所能做的也仅此而已。如果她低下头吻一吻吉诺的前额，这个举动似乎也是适宜的。

菲利普转开了视线，就像他有时会在伟大的画作前转开视线一

---

①② 原文为意大利语。

样，因为突然之间，肉眼可见的形象已无力承载它们向我们揭示的东西。他很开心；他确信这世界上有伟大存在。他心中涌起一种强烈的愿望，要以这位善良的女性为榜样，做个善良的人。从此以后他要努力，要让自己配得上她所揭示的那些东西。没有歇斯底里的祈祷，没有敲锣打鼓，他无声无息地完成了转变。他得到了拯救。

"那牛奶，"她说，"别浪费了。把它拿去，卡雷拉先生，劝赫里顿先生喝点。"

吉诺照着她的话做了，端起孩子的牛奶朝菲利普走去。菲利普也听话地喝了。

"还剩吗？"

"还剩一点。"吉诺答道。

"那就把它喝完。"她决心要善加利用还残留在这世界上的东西。

"你要不要喝点？"

"我不喜欢喝牛奶。都喝了吧。"

"菲利普，你喝够了吗？"

"够了，谢谢你，吉诺。你都喝掉吧。"

吉诺喝光了牛奶。紧接着，不知是失了手还是因为心里一阵痛苦，他把奶壶摔得粉碎。佩尔菲塔不知所措地惊叫起来。"没关系，"吉诺对她说，"没关系。再也用不着它了。"

第十章

"他只能跟她结婚了，"菲利普说，"我今天上午收到了他的信，就在我们离开米兰的时候。他发现已经走到这一步了，没法再退出。否则代价会很高昂。我不知道他会不会很在意——恐怕不会像我们估计的那么在意。不管怎么说，他的信里没有一句责怪的话。我觉得他甚至都不生气。我从来没有如此彻底地得到宽恕。他本想把我杀掉，却被你阻止了，从那以后我们就有了令人憧憬的完美友谊。他照料我，警察讯问时还替我说谎。葬礼上他是在哭，但看起来倒像是我的儿子死了似的。当然，他只要对我一个人友善就行了。他没能结识哈丽雅特，觉得非常失望，而且几乎没怎么看到你。他在信里又这么说了。"

"你回信的时候，请帮我谢谢他，"阿博特小姐说，"并代为转达我诚挚的问候。"

"我会的。"菲利普见她如此轻而易举地摆脱了那个男人，觉得很惊讶。至于他自己，他已经跟吉诺紧紧地拴在了一起，他们之间的纽带亲密得简直叫人害怕。吉诺有欧洲南方人那种结交朋友的本领。在办正事的间隙，他能把菲利普的人生拽出来，翻个底朝天，再改造一番，还建议他怎样才能好好地利用人生。这种感觉很让人舒服，因为吉诺干得既亲切又巧妙。不过事后菲利普却觉得，自己浑身上下已没有丝毫秘密可言。就在这封信里，吉诺再次恳请他"和阿博特小姐结婚，哪怕她的嫁妆没多少"，这样就可以躲开家中的麻烦。而阿博特小姐本人在经历了这样的悲剧之后，竟然又恢复了循规蹈矩的做法，平静地表达带着敬意的问候，菲利普实在是无法理解。

"你什么时候再和他见面呢?"她问道。他们一起站在车厢过道里，火车正缓缓离开意大利，朝山上的圣哥达隧道驶去。

"希望是明年春天吧。我们说不定会拿上他新老婆的一点钱，到锡耶纳狂欢一两天。这是吉诺跟她结婚的理由之一。"

"他真没心肝，"阿博特小姐严肃地说，"他其实根本不在意那孩子。"

"不是的，你错了。他很在意。他并不开心，就像我们其他人一样。但他不像我们那样刻意维持面子。他知道，曾让他开心的那些东西，很可能还会让他再次开心起来。"

"他说他永远都不会再开心了。"

"那是他一时冲动。他冷静下来是不会这么说的。我们英国人在平静的时候也会说这样的话——其实我们心里早就不那么想了。吉诺并不会为反复无常而感到羞愧。这也是我喜欢他的原因之一。"

"是啊，我错了。就是这样的。"

"他对待自己，比我对待自己更为坦诚，"菲利普接着说道，"而且他坦诚得毫不费力，也没有虚荣心。不过你呢，阿博特小姐，你怎么样？明年春天你会来意大利吗？"

"不会。"

"真遗憾。那你什么时候再来？你觉得呢？"

"我恐怕永远不会再来了。"

"为什么啊？"他瞪着阿博特小姐，好像她是个怪物似的。

"因为我理解这个地方。没必要再来了。"

"理解意大利！"他惊叫起来。

"理解得很透彻。"

"我可是不理解。而且我也不理解你。"他喃喃自语地离开她，踱步朝过道的另一头走去。现在他已经深深地爱上了她，这样困惑不解他受不了。他是从精神的途径走向爱情的：她的思想、善良和高贵首先打动了他；现在，她的整个人和一举一动都因这些而变得美妙了。他最后才注意到所谓的显而易见的美——她的秀发、动听的嗓音和柔美的四肢。从未涉足任何途径的吉诺，早就客观地向他的朋友称赞过这些美丽之处。

她为什么让人如此困惑？他曾经那么地了解她——他知道她在想

些什么，作何感受，知道她行为背后的理由。可现在他只知道自己爱着她，其他方面所有的了解，似乎都在他最需要的时候消失无踪。她为什么再也不来意大利了？那天晚上她拯救了他和吉诺的性命，从那以后她为什么总是躲着他们？车厢里几乎没什么人。哈丽雅特独自在隔间里昏睡。现在他必须把这些问题问个明白，便沿着过道快步回到她身边。

阿博特小姐看到他，先问了一个问题："你的计划决定了吗？"

"定了。我不能在索斯顿生活了。"

"你告诉赫里顿夫人了吗？"

"我在蒙特里亚诺写了信。我尽可能把事情解释清楚，但她永远都不会理解我的。她会认为这件事已经解决了——解决得悲哀了些，因为孩子死了。尽管如此，事情毕竟是过去了，我们家族的圈子再也不会为此而烦恼。她甚至不会生你的气。你知道，长远看来你并没有对我们造成任何损害。当然，如果你把哈丽雅特的事说出去，闹出丑闻，那就另当别论了。我的计划就是——去伦敦，工作。你的计划呢？"

"可怜的哈丽雅特！"阿博特小姐说，"好像我胆敢评判哈丽雅特似的！或者是评判任何人。"她没回答菲利普的问题，便离开他去看望另一个病人了。

菲利普忧伤地望着她的背影，又忧伤地望向窗外越来越小的溪流。所有的激动都已过去——讯问，哈丽雅特病了没多久就好了，他自己去看了外科医生。他的身体和精神都在逐渐恢复，但这恢复却没给他带来快乐。在过道尽头的镜子里，他看到自己一脸憔悴，双肩给吊带坠得佝偻着。生活比他预想的更为伟大，但也变得更不完整了。他本来已经看到了努力工作和保持正直的必要性。现在他却发现，这么做其实起不了多大作用。

"哈丽雅特没事吧？"他问道。阿博特小姐又回到了他身边。

"她很快就能恢复如初了。"她回答说。哈丽雅特在突然病倒、懊悔了一阵子之后，正在迅速恢复她的常态。用她自己的话来说，她一度"非常难过",但她很快就不再认为这次出了多大的差错,只不过是死了个可怜的孩子而已。她已经开始说"这是个不幸的事故",还说什么"本来想办点好事,却莫名其妙地遭受了挫折"。阿博特小姐看到哈丽雅特挺自在的,便亲切地吻了她一下。不过她回来的时候,觉得哈丽雅特跟她母亲一样,也认为这件事已经解决了。

"我很清楚哈丽雅特将来会怎样,对我自己将来的某些部分也很清楚。但我再问一遍,你将来有什么计划呢?"

"待在索斯顿,工作。"阿博特小姐说。

"那可不行。"

"为什么呢?"她微笑着问。

"你见得太多了。你所见到的和我一样多,但你所做的却超过了我。"

"这完全是两回事。我当然要回索斯顿。你忘了,我的父亲还在那里。即使他不在,我和索斯顿也有着千丝万缕的联系:我的教区——我把它抛在脑后了,真丢脸啊——我还得上夜校,还有圣詹姆斯教堂——"

"蠢话,胡说!"菲利普脱口而出。他突然一阵冲动,想把心事都说给她听。"你太好了——比我要好上一千倍。你不能生活在那个地牢里。你一定要到有希望理解你的人当中去。我这是在为自己考虑:我想经常见到你———一次又一次地见到你。"

"每次你从伦敦回来我们当然都会见面的。我希望那应该意味着经常吧。"

"那还不够。那还会是以前那种可怕的方式,我们俩身边都围着一大堆亲戚。不行,阿博特小姐。那样还不够好。"

"不管怎么样,我们总可以写信的。"

"你会给我写信?"他喊了出来,心里一阵高兴。有时候,他的希望似乎已触手可及。

"我肯定会的。"

"可我得说,那还是不够——就算你愿意,也不能再回到以前的生活中去了。发生了太多的事。"

"我知道。"她悲伤地说。

"不仅仅是痛苦和哀伤,还有美好的事:阳光下的那座高塔——你记得吗,还有你对我说的那些话?甚至那个剧院。还有第二天——在教堂里;还有我们和吉诺在一起的时候。"

"所有美好的事都过去了,"她说,"情况就是这样。"

"我不相信。反正对我来说不是这样。最美好的事也许还没有发生——"

"美好的事都过去了。"她又说了一遍,然后望着他,那目光无比忧伤,让他不敢反驳。火车正在爬上最后一段斜坡,朝艾罗洛钟楼和隧道的入口驶去。

"阿博特小姐,"他低声说,语速很快,仿佛他们自由自在的交谈很快就要结束,"你这是怎么了?我原以为我了解你,却发现并不是这样。在蒙特里亚诺度过的两个重要的第一天里,我把你看得清清楚楚,就像你现在仍然能看清我一样。我看到你为什么要来,为什么改变了立场,后来我又看到了你非凡的勇气和怜悯之心。可现在你一会儿像以前那样和我坦诚相见,一会儿又弄得我哑口无言。你知道,我欠你的太多了——我的生命,此外还有许许多多我都不知道的东西。你这样我会受不了的。你在我眼前展现得太多,已经回不到神秘状态了。我得引用你对我说的话:'别搞得这么神秘,没时间了。'我还要引用另一句话:'我和我的生活,肯定只能存在于我所居住的地方。'你不能在索斯顿生活。"

他终于打动了她。她急促地低声自语:"我很想——"这几个字让菲利普喜不自胜。她很想什么?难道那件最重要的事,终归还是有可能的?或许,经历了长期的疏远,经历了那么多悲剧,南方终于让他们走到了一起。剧院里的笑声,紫色夜空中的银色群星,甚至已经逝去的那个春天里的紫罗兰,都起到了作用。悲伤也发挥了作用,还有对别人的温柔之心。

"我很想,"她又说了一遍,"很想不这么神秘。我经常想告诉你,但又不敢。我不能告诉其他任何人，跟女人说肯定是不行的；我觉得只有你一个人能够理解，也不会觉得反感。"

"你孤独吗？"他低声问道，"是类似这样的事情吗？"

"是的。"火车的晃动似乎让菲利普离她更近了。他下定了决心，哪怕旁边有十几个人看着，他也要把她拥入怀中。"我孤独极了，要不然我是不会说的。我想你肯定已经知道了。"两个人满脸通红，仿佛心里都涌动着同样的念头。

"也许我知道，"他走到她身旁，"也许我可以替你说出来。但如果你能把那个字明明白白地说出来，就永远不会后悔。我也会为此终生感谢你。"

她明明白白地说道："我爱他。"她说完就崩溃了，啜泣得全身发颤。而且唯恐别人有什么疑问，她边哭还边喊着："吉诺！吉诺！吉诺！"

菲利普听到自己说："当然了！我也爱他！等我能忘记那天晚上他是怎么伤害我的就行了。不过我们只要一握手——"他们俩肯定有谁挪动了一两步，因为她再开口的时候，已经离菲利普远了一点儿。

"你把我搞得心烦意乱。"她压抑着某种几近歇斯底里的情绪。"我本以为这一切我都已经不放在心上了。你理解错了。我爱上了吉诺——别回避这个——我说得很直白——你知道我是什么意思。所以，嘲笑我吧。"

"嘲笑爱情？"菲利普问道。

"是啊。把它说得一钱不值。说我是个傻瓜，或者连傻瓜都不如——说他是个无赖。莉莉娅爱上他时你说过的那番话，全都再说一遍。这才是我需要的帮助。我敢把这件事告诉你，是因为我喜欢你——也因为你没有激情。你把生活看成一场演出；你并不投身其中；你只是觉得生活滑稽或者美好而已。所以我能指望你把我治好。赫里顿先生，这是不是很滑稽？"她自己也想笑一笑，但转念又害怕起来，只好住口。"他不是个绅士，也不是基督徒，而且一无所长。他从来不恭维我，也不崇拜我。可是他长得英俊啊，这就够了。意大利牙科医生的儿子，有一张漂亮的脸蛋。"她又把这句话说了一遍，仿佛它是遏制激情的咒语。"哦，赫里顿先生，这岂不是很滑稽！"说完她哭了起来，菲利普这才松了口气。"我爱他，而且并不为此感到羞耻。我爱他，但我要回到索斯顿。如果我不能时常跟你说说他，我会死掉的。"

面对这个可怕的发现，菲利普努力不去考虑自己，而是尽可能替她着想。他没有悲叹。他甚至没有和颜悦色地对她说话，因为他知道她受不了这样。她所请求和需要的，是一句轻飘飘的回答——轻飘飘的，还有点玩世不恭。实际上，他也只敢让自己作出这样的回答。

"也许这就是书上所说的'心血来潮'？"

她摇了摇头。即便这个问题也太差劲了。按照她对自己的了解，她知道自己一旦迸发出激情，便不会轻易动摇。"如果我经常看见他，"她说，"我也许能记起他的本来面目。也许会对他心生厌倦。可我不敢冒这个险，所以现在没什么能让我改变心意。"

"好吧，如果你这次心血来潮真的过去了，告诉我一声。"菲利普总算可以说出自己想说的话了。

"哦，你很快就会知道的——"

"但是，在你回索斯顿之前——你真的就那么肯定吗？"

"肯定什么？"她已经不哭了。菲利普对她的态度正是她所希望的。

"你和他——"他想到她和吉诺在一起的情景，不由得苦笑起来。这就是神明残忍而古老的恶意，就像他们曾施加在帕西法厄①身上的恶意一样。经历了多少个世纪的理想和文明——这个世界仍然无法逃脱这种恶意。"我是想说——你和他究竟有什么共同之处呢？"

"没有，除了我们彼此相见的那几次。"她的脸又涨得通红。他把自己的脸转开了。

---

① 帕西法厄（Pasiphaë），希腊神话中克里特国王弥诺斯的妻子，受海神波塞冬诅咒，与一头白公牛生下人首牛身的怪物弥诺陶洛斯。

"哪——哪几次？"

"那次我觉得你既软弱又漫不经心，就代替你去要那个孩子。如果我知道什么是开始，那就是开始了。也可能是从你带我们去剧院那次开始的，那个时候我看到他跟音乐和灯光融为一体。但我直到第二天早晨才明白。然后你打开了门——我才知道我为什么会那么开心。后来在教堂里，我为我们大家祈祷；不是祈求什么新的东西，而是祈求我们能够保持原样——他和心爱的孩子在一起，你、我和哈丽雅特能平安离开那个地方——我再也不会见到他或跟他说话。那个时候，我本可以渡过难关的——那种感情只是在渐渐逼近，就像一个烟圈，还没有把我套住。"

"可是，由于我的过错，"菲利普肃然说道，"他失去了心爱的孩子。因为我的生命遇到危险，你来救我，才见到了他，又跟他说了话。"事情比她所想象的还要重大。除了菲利普，现在没有人能看清全局。而要看清全局，他就必须远远地置身事外。想到阿博特小姐曾经把心上人拥在怀中，他甚至能感到高兴。

"别说什么'过错'。你永远都是我的朋友，赫里顿先生。但请你不要这么仁慈，不要改变，不要把责任揽到自己身上。别再觉得我有多高雅。让你困惑的正是这种想法。别再这么想了。"

说这番话的时候，她似乎完全变了样，真的与高雅和粗俗都再无关系。经历了这场劫难，菲利普看到了某种不可磨灭的东西——那是她所给予的，也是她永远无法带走的。

"我再说一遍，不要这么仁慈。如果他开了口，我可能早已把身体和灵魂都献给了他。我的这个救援小队也就完蛋了。但自始至终他都把我当作一个高人一等的生灵——当作一位女神。而我呢，我却崇拜着他的每一寸身体，还有他说的每一句话。正是这一点拯救了我。"

菲利普的双眼盯着艾罗洛的钟楼，但他看到的却是恩底弥翁①的美丽神话。这个女人自始至终都是一位女神。对她来说，任何爱情都

———————————

① 恩底弥翁（Endymion），希腊神话中月神塞勒涅所爱的青年牧羊人。

不可能是堕落的；她与堕落毫无关系。这段经历，虽说在她心目中是那么卑下，对他来说又是那么悲哀，却依然至为美丽。菲利普升华到了如此高的境界，现在他本可以毫不懊悔地告诉她，他也是她的崇拜者。可是，告诉她又有什么用呢？所有美好的事，都已经发生过了。

"谢谢你，"他只允许自己说了这么一句，"谢谢你做的一切。"

她无比亲切地看着他，因为他让她的生活变得可以忍受了。就在这时，火车开进了圣哥达隧道。他们匆匆赶回车厢去关窗户，免得煤灰再飞进哈丽雅特的眼睛里。

译后记

福斯特的第一部长篇小说《天使不敢涉足的地方》(*Where Angels Fear to Tread*) 出版于 1905 年。此前几年间，作家先后游历了意大利、希腊等地，这部处女作是他在 1904 年底用一个月时间写出来的。小说始于车站送行的欢快场景，初看起来好像是轻松谐谑的喜剧，但随着情节的推进，几经转折，变成了看似出乎意料、实则无可避免的悲剧，最后故事在返回英国的火车上戛然而止，留下了一个耐人寻味的开放式结局。无论是思想深度、情节设置，还是人物刻画、叙事技巧，《天使不敢涉足的地方》都堪称一部经得起时间考验的杰作。

小说创作过程中用的书名是"拯救"(*The Rescue*，即主人公菲利普两次受命前往意大利充当"救火队长"的核心情节)，也曾以书中虚构的意大利小镇"蒙特里亚诺"为题。最终确定的书名，出自英国诗人蒲柏作品《论批评》(*Essay on Criticism*) 中的一句诗"天使不敢涉足的地方，蠢人却闯了进来"(For fools rush in where angels fear to tread)。诗人的本意，是讽刺那些毫无敬畏之心、对什么作品都敢肆意抨击的文学批评家。福斯特笔下的蠢人，也并非智力低下、无知无识之辈，而是在成见、虚伪、偏执、盲从、社会地位差异、民族文化隔阂等种种因素的驱使下，做出蠢事、铸成大错的所谓"高雅"人士。读罢此书，回头再看文中多次出现的"粗俗"一词，愈发能感受到作家辛辣的讽刺意味。

福斯特写这部小说只用了一个月，我把它翻出来却花了小一年。一则身为业余"选手"，只能利用案牍劳形以外的碎片时间；二则涉猎文学翻译的这些年来，深感自己是越做越胆小，用"如临深渊、如履薄冰"来形容并不为过。译福斯特的时候，力求准确到位、尽量不出现疏漏，只能算是基本的要求。更重要的是，面对作家精到而意味深长、犀利却不失机趣的语言，总担心译文不能曲尽其妙，总觉得再怎么打磨都还有提高的余地，总想着这句或那句话还能找到更妥帖的译法，毕竟翻译的理想境界是"上不封顶"的。取法乎上，仅得其中，现在的这个译本肯定还有不尽如人意的地方，恳请各位读者批评指正。

这套福斯特作品丛书的主编杨晓荣老师不仅仔细审读、修改了我的译稿，还针对语言风格和用语习惯提出了极为中肯的建议。非常感谢杨老师和同在南京的祁阿红老师，没有二位老师多年来的悉心教导、提携和鼓励，我不可能走上文学翻译之路，更不可能坚持至今。本书翻译的过程中，我细读了早先的两个译本（中国文联出版公司 1988 年版，林林、薛力敏译；上海译文出版社 2016 年版，马爱农译）以资参照，倘若新的译本在理解表达上有几分"后见之明"，应该说也是站在前辈译者肩膀上的成果。

二十七年前，高考结束后的暑假，我如饥似渴地读完了人民文学出版社《战争风云》《战争与回忆》两部译著，深受震撼之余，也朦朦胧胧地产生了"做翻译好像挺有意思"的想法，虽说当时对扉页背面施咸荣、萧乾、方平等翻译大家的名字还毫无概念。二十七年后，能够参与人民文学出版社出版的这套福斯特作品丛书的翻译，真有梦想照进现实之感。做翻译真的特有意思；至于译事之难，求仁得仁，又何怨乎？在文学翻译这个精神家园里，"上不封顶"的理想境界固然还遥不可及，但一定是毕生追求的目标。

张 鲲

2020 年 11 月